U0924554

思远集

苏瑾 著

清華大學出版社
北 京

图书在版编目（CIP）数据

思远集 / 苏瑾著. —北京：清华大学出版社，2021.6
ISBN 978-7-302-58250-2

Ⅰ.①思… Ⅱ.①苏… Ⅲ.①杂文集—中国—当代②随笔—作品集—中国—当代 Ⅳ.①I267.1

中国版本图书馆CIP数据核字（2021）第100517号

责任编辑：宋丹青
封面设计：谢元明
责任校对：王荣静
责任印制：杨 艳
出版发行：清华大学出版社
网 址：http：//www.tup.com.cn，http：//www.wqbook.com
地 址：北京清华大学学研大厦A座 邮 编：100084
社总机：010-62770175 邮 购：010-62786544
投稿与读者服务：010-62776969，c-service@tup.tsinghua.edu.cn
质量反馈：010-62772015，zhiliang@tup.tsinghua.edu.cn
印 装 者：涿州市京南印刷厂
经 销：全国新华书店
开 本：165mm×235mm 印 张：15.5 字 数：185千字
版 次：2021年6月第1版 印 次：2021年6月第1次印刷
定 价：69.00元

产品编号：090918-01

自序

写文章出书，是少年时梦，但是工作以后渐行渐远，一度以为只不过是个梦。在金融市场摸爬滚打，不得不看很多想很多，也参加很多讨论交流，但随着年岁见长经验观察，愈发觉得，做实际工作的不大能总结表达，演讲写作的较少参与实务。除非像苏世民、达利欧这样的大人物，不过他们都是有写作班子的。

说起来疫情是催化剂，宅家里不能出去消遣，忧深思远静心码字，收获超出自我预期，失之东隅收之桑榆。“心静思远，志行千里”，这么有意境的一句话，是上海通用别克的广告词，21世纪初有几年上海通用坐上了国内乘用车销量的头把交椅。也许是在上海工作期间广告看多了，回京后买的第一辆车就是别克HRV，广告宣传是专为中国市场打造的经济型两厢车（主要是便宜）。一年后初为人父，开车接娘俩回来，走过很多次的路，居然错过了出口，恰恰说明分心则乱，盯着前后车距紧张。日子就这么一天天过去，眼看着孩子一天天长大，大概自己到四十岁左右，对时间有了恐慌感。四十不惑似不准确，其实困惑刚刚开始。所谓人生的意义到底是什么呢？事实上人只能由他的行为来定义：读过的书，做过的事，爱过的人，走过的路。自己按门铃自己听，自己做事情自己记录，沉淀生命里的纪念篇章。

一开始只想着记录感想，评论一下经济金融市场，后来觉得何必拘泥，着手纵论时事历史，一篇篇写下来，开发了新技能，有点儿“跳出市场看市场”的境界了。“心静”用得很多，遍查不到出处。“思远”两个字，《诗经》里出现过几次。《诗·唐风·蟋蟀》小序：“忧深思远，俭而用礼，乃有尧之遗风焉。”忧国忧民的感觉，也不好代入拔高。《国风·鄘风·载驰》是《诗经》中的另一首诗，春秋时期许穆夫人的作品，作于卫文公元年（公元前659年），是卫国被狄人占领以后，许穆夫人赶到曹邑为吊唁祖国的危亡而作：“视而不臧，我思不远。既不我嘉，不能旋济。”翻译过来就是：比起你们心不善，我怀宗国思难弃。竟然没有赞同我，无法渡河归故里。而“志行千里”化用自“志在千里”，出自曹操的《龟虽寿》：“老骥伏枥，志在千里；烈士暮年，壮心不已。盈缩之期，不但在天；养怡之福，可得永年。幸甚至哉，歌以咏志。”

法国作家司汤达的墓志铭上写着“活过、爱过、写过”。努力践行争取做到，内求于心外求于道。七十余篇杂文，主要写国内的归入“静心思远”，主要写国外的归入“千里之外”，不大好归类的归入“无声黑白”，似有牵强随兴为之，唱和方文山、周杰伦《千里之外》词曲意境。感谢清华大学出版社，感谢家人的支持和朋友们的鼓励。以后会尝试其他题材。

是为记。

目录

一、静心思远

二、千里之外

三、无声黑白

一、静心思远

盲人摸象　时移世易

2020年3月23日

有个成语“盲人摸象”，几个字看着挺通俗，其实出身非同小可，出自古印度《大般涅槃经》三二：“其触牙者即言象形如芦菔根，其触耳者言象如箕，其触头者言象如石，其触鼻者言象如杵，其触脚者言象如木臼，其触脊者言象如床，其触腹者言象如瓮，其触尾者言象如绳。”站在各自角度，各有各的道理，要怪只能怪象太大，宋·释道原《景德传灯录·洪进禅师》载：“有僧问：‘众盲摸象；各说异端；忽遇明眼人又作么生’？”放心吧，就算不是盲人，看的也是局部，仍旧各说各话。这还只是大象，是个客观物体，相对简单，稍微复杂点的事情，更是怎么看怎么说的都有了。鲁迅讲：“一本《红楼梦》，经学家看见《易》，道学家看见淫，才子看见缠绵，革命家看见排满，流言家看见宫闱秘事。”其实看鲁迅也一样，读书时学鲁迅文章，纯粹是赶鸭子上架，近来细读《朝花夕拾》（华侨出版社，2017），常常拍案感慨，真正高山仰止，先生文章一直在那儿，变的是读者的眼光心境。

是不是金融危机，会不会经济衰退，各路大神争论正酣。雷曼兄弟倒闭至今，再没有相近规模的金融机构倒闭，这只不过是因为各国政府不敢放任市场出清而已。当年雷曼兄弟的CEO福尔德（Richard Fuld）一直在喊冤："雷曼垮台的内幕总有一天会真相大白，但为了防止伤及我的家人和朋友，我认为现在还不是说出内幕的时候。""我2008年在国会作证时，就反问质问我的议员：'美国政府出手救了这个，救了那个，为什么偏偏不救我们，这不公平！'到现在，这也是我的态度。美国政府需要找一个倒霉的家伙，以转移公众对他们监管不利的愤怒！"美国政府于2008年3月份救助了第五大投行贝尔斯登，并先后接下房利美和房地美的烂摊子，如果再向雷曼伸出援手，当时的形势，很可能被外界批评为"让纳税人为投机者埋单"，最终导致的可能不仅仅是一场经济危机，还有可能是一场政治危机，尤其是在2008大选年的敏感时期。时移世易，只要一提雷曼，现在救谁都行。

为啥非得是雷曼？波音倒闭了不是更糟糕？对众多女生来说，才不会关心LB（雷曼），只要LV别倒闭。现在LV已经停产了，岂不是意味着包包要涨价？别急，经济危机收入下降，需求也会下来的，说不定会降价呢，不过奢侈品又不一定。看看，一个包包，复杂着呢。

回顾历史相对容易，各种图表花里胡哨，低点买入高点卖出，再加几倍杠杆，妥妥的人生赢家。过去的事都会说（实际不一定，多的是说不在点子上，别说换个马甲，马甲换个颜色，就不认识了），百度一下都知道，重要的是此时此刻。干不干？怎么干？干多少？立此存证回顾验证下，这是区分说和练的根本指标。

《人类简史》作者赫拉利再发声："疫情中我们将创造怎样的世界？人类需要做出选择。是在不团结的道路上走下去，还是选择一条全球团结的道路？如果我们选择不团结，这不仅会延长当前的危机，还有可能导致更严重的灾难。如果我们选择全球团结一致，那不仅会是抗击冠状病毒的胜利，也会是抗击所有21世纪可能袭击人类的未来流行病和危机的胜利。”

看似有两种选择，其实通天塔不会建成的，《圣经·旧约·创世记》第11章讲得很清楚：人类相互之间不能沟通理解。越是存量博弈的时候，越是会甩锅互相争抢。眼前的困难可不是啥小沟小河，这是“径过八百里，亘古少人行”的通天河，而且只能自救没有老鼋。

清风不识字　何故乱翻书

2020年4月19日

杨花柳絮随风舞，雨生百谷夏将至。今日谷雨。

乾隆皇帝写过一首《采茶歌》：

前日采茶我不喜，率缘供览官经理；
今日采茶我爱观，吴民生计勤自然。
云栖取近跋山路，都非吏备清跸处，
无事回避出采茶，相将男妇实劳劬。
嫩荚新芽细拨挑，趁忙谷雨临明朝；
雨前价贵雨后贱，民艰触目陈鸣镳。
由来贵诚不贵伪，嗟哉老幼赴时意；
敝衣粝食曾不敷，龙团凤饼真无味。

据统计，乾隆一生作诗四万多首，这个数量大致相当于2000余名唐朝诗人一生的作品，是历史上最高产的诗人。按照作诗的数量以及乾隆的岁数，几乎每天作诗两首，这个数量相当惊人。但是数百年来，没多少人承认他是一名出色的诗人。清朝名士沈德潜曾为乾隆代笔写诗，他67岁的时候，才刚刚步入仕途，因为诗文和才情得到了乾隆的赏识，乾隆皇帝命他为自己修改、编订诗稿，也或许暗中授意他为自己代笔。他居然将代写的诗编入了自己的诗集，这就泄露了自己为皇帝代笔的大秘密。在沈德潜死后的第九年，乾隆越想越生气，把沈德潜入土多年的尸骨挖出来进行鞭尸，实在是让人侧目。最有名的一首《飞雪》入选过小学课本，据说乾隆看到下雪后诗兴大发，“一片一片又一片，两片三片四五片。六片七片八九片，飞入芦花都不见。”点睛的最后一句还是纪晓岚捉刀。《采茶歌》在他的万首打油诗里，算是拿得出手的应景妥帖之作，但是不打算在此讨论这个，那句“趁忙谷雨临明朝”，清朝皇帝想着“临明朝”，不是大逆不道之至嘛。

历史上的康乾盛世，老百姓生活过得可以，但统治者大兴文字狱，保守估计至少200余起。除了极少数事出有因，绝大多数是捕风捉影。康熙时期发生了两起较大的文字狱案，一起是康熙初年的《明史》案，另一起是康熙后期的《南山集》案。《明史》案金庸先生在《鹿鼎记》中有详细描述，无数少男的梦中情人双儿就是庄家后人。

雍正年间最大的文字狱案是吕留良案，吕留良的孙女吕四娘因故逃脱，据说后来武功大成刺杀了雍正。雍正曾宣布不杀曾静、张熙，也不许自己的子孙杀他们。乾隆即位后，看不起这两个软骨头，就以这两人曾经恶语中伤先帝为由，还是把他们杀了。

乾隆时期也有许多文字狱，比较有名的是胡中藻诗狱。胡中藻是鄂尔泰的门生，为内阁学士，作了一本《坚磨生诗集》，极力颂扬鄂尔泰，攻击张廷玉。乾隆为打击朋党门户之争，就想借文字狱惩一儆百。他从胡中藻诗中摘出许多句子，进行曲解。例如，“一把心肠论浊清”一句，指其故意把“浊”字加于清朝国号之上；“南斗送我南，北斗送我北”一句，指其南北分提有意制造满汉对立。结果胡中藻被抄家，判为凌迟，后改为弃市。1778年，江苏东台诗人、原翰林院庶吉士徐骏早已去世，遗著《一柱楼诗》中有“清风不识字，何故乱翻书”，还有名句“明月有情还顾我，清风无意不留人”，被曲解为：明月有情怀恋明朝，清风无意诽谤大清；“举杯忽见明天子，且把壶儿抛半边”，乾隆认为“壶儿”就是“胡儿”，显然是嘲讽清朝没文化。徐骏被剖棺戮尸，儿孙全部斩首。所以乾隆自己附庸风雅可以，随便写“趁忙谷雨临明朝”，但“小萤光”就不能怀什么照夜心了。

1079年，苏东坡由徐州调任湖州知州，于四月二十日到任，进《湖州谢上表》，其中写道：“陛下知其愚不适时，难以追陪新进；察其老不生事，或能牧养小民”，句中“其”为自称，“新进”即指神宗任用的新派人物。公开地明白无误地表达了自己不与当朝新贵合作的态度，表达了自己对新法“生事”的不满。秋七月，负责监察百官的御史台官员李定、何正臣、舒亶等人接连上章弹劾苏轼，弹劾的导火索正是上表中的这两句话。苏轼作品多，一分析推论，问题一箩筐，得亏宋朝对文人宽容，曹太后、王安石也求情，苏轼逃过一劫，吉凶未卜之时，东坡还不闭嘴，“敢向清时怨不容，直嗟吾道与君东，独鹤不须惊夜旦，群鸟未可辨雌雄”。敢向清时怨不容，这要是在大清朝，七个字足够灭门了。忧心悄悄，愠于群小，虽千万人吾往矣。

匹夫夺其志　三军夺其印

2020年4月28日

现实真是比戏剧还精彩。4月28日下午，当当董事长、总经理李国庆（自称）在社交媒体上表示，现在公章、财务章由其控制，在特殊时期，为不影响公司经营，每天下午2点，其安排助理到公司接需要盖章的文件。需要盖章的同事，在办公室没有安排妥当前，劳烦和其助理一起来早晚读书办公室盖章。稍早时候，4月28日上午，李国庆在微博发布了一则当当网人事调整公告，公告文末加盖了公章。这是4月26日李国庆带人抢走公章后，首次使用公司公章发文，此举即刻引发各方热议。要说一日夫妻百日恩。俞渝并没有被踢出局，而是被任命负责当当公益基金。回顾4月26日的事件，李国庆当日宣布自己当选当当网董事长和总经理，“依法”接管当当，俞渝无权在当当行使任何职权。但当当网随后声明称李国庆抢走公章（含财务章合计47个，怎么有这么多？），已经报警处理，其抢走的公章即日作废，公司仍然掌握在俞渝手中。早前多位律师表示，当当网公司的控制权和董事会任命，应该以合法的公司股东会决策为准，“公章只是公司对外办理业务的意思表示证明，公司可以随时声明作废，重新刻章到公安机关备案、启动新章。作废后的公章就是木头疙瘩”。

当当网声明（无公章）：李国庆伙同5人，闯入当当网办公区，抢走47枚公章、财务章，公司已经报警。而李国庆予以否认，他称随行的人是董事、董秘、律师、摄像和保安。吃瓜群众已经晕菜了，到底谁说了算？听谁的？网上专门有调查，如果只能带4个人行使5个职能去抢印章，应该带谁不带谁？

代理律师：向警察做出解释，负责法律问题；

公证员：客观记录过程，保留己方证据；

亲信员工：熟悉公司事务，吵架随时翻旧账；

公司监事：发起临时股东会，证明股东会正当；

全能保镖：避免身体接触，保护人身安全。

这个纯粹是起哄，总有能力强的一专多能，身强体壮可以兼职保镖。

说起抢公章，信陵君魏无忌窃符救赵，历史上最有名。白起长平灭了赵括，隔年秦军围攻邯郸。赵国到处求救，晋鄙袖手旁观。侯生献计魏无忌，请如姬偷了兵符到军中给晋鄙看，在晋鄙将信将疑迟疑的时候，朱亥铁锤出手，晋鄙卒。魏无忌夺权领军帮赵解了围，印章兵符自古不是闹着玩的。魏无忌有个门客叫张耳，张耳有个好朋友叫陈余，俩人刎颈之交肝胆相照。后来陈胜吴广起义，他兄弟俩跟随起事，去赵国开辟了一片疆土，秦国章邯把张耳的人马围困在巨鹿，陈余虽与张耳是生死之交，但自知兵少难敌不敢去救。张耳派人去责备陈余：说好的兄弟同生死呢？陈余只好给了五千兵马，当然无济于事全军覆没。谁料项羽破釜沉舟大破秦军，张耳陈余又见面展开了激烈对质。张耳责怪陈余不救，陈余说派了五千人，但是都被消灭了。张耳不信接着骂，陈余情急昏了头，把兵符拍在桌上："要不信我就拿去！"然后他居然去厕所了！这是要考验友情人性？张耳拿走了兵符，接管了他的人马，自此他二位反目。印章兵符大事，不是闹着玩的。韩信领兵多多益善，大事糊涂看不住印，两次被刘邦驰夺之，说是冤死其实不冤。话说抢印章，是对是错呢，丛林法则下，魏无忌是传奇，张耳得了富贵，刘邦开了天下，历史是由胜利者书写的。

要说历史上最有名的印章，必然是也只能是传国玉玺，相传就是“匹夫无罪，怀璧其罪”的那块和氏璧（有考证说是北魏崔浩编的），秦代丞相李斯奉始皇帝之命镌刻而成，为中国历代正统皇帝的凭证。其方圆四寸，上纽交五龙，正面刻有李斯所书“受命于天，既寿永昌”八篆字，以作为“皇权天授、正统合法”之信物。秦之后，历代帝王皆以得此玺为符应，奉若奇珍，国之重器。得之则象征其“受命于天”，失之则表现其“气数已尽”。凡登大位而无此玺者，则被讥为“白版皇帝”，显得底气不足而为世人所轻蔑。历代欲谋帝王之位者你争我夺，致使该传国玺屡易其主，辗转于神州两千余年，忽隐忽现终于销声匿迹。传国玉玺本来是遍体通透，但是一次意外它成为“金镶玉”。当王莽派手下安阳侯王舜向自己的亲姑姑太皇太后王政君索取传国玉玺时，老太太勃然大怒，把玉玺扔向金柱，磕掉了一个小角，后来用金包上了，当然这并不影响传国玉玺的价值。最后一个掌握传国玉玺的皇帝是五代后唐末帝李从珂，公元936年后晋石敬瑭攻陷洛阳前，他和后妃在宫里自焚，所有御用之物也同时投入火中。从此，传国玉玺神秘失踪，关于它的下落众说纷纭，莫衷一是。后来的皇帝，只能自己刻玉玺，乾隆帝刻了25方，太多了也就没那么重要了。

不管怎么说，印章很重要，至于是巧取是豪夺，是非曲直以利益论，公道人心都不靠谱。还知道夺章盖章，至少想着合法化，毫无规则秩序意识，一个二个潇洒着呢，守规矩的还不知道，原来已经被代表了。4月28日上午，以原万科10名中层为代表的万科老员工，联合署名，公开致信，要求退还属于万科全体员工的2亿股万科股票，信中指出，“万科企业股（职工股）这一纠结了我们长达32年之久的巨额资产，差一点就被王石和万科企业股中心以公益为名，将其中的2亿股万科股票捐赠了”。捐给学校是好事情，问题在于有无权限。资本市场闹剧不断，与其忙着配合长臂管辖查瑞幸，不如先管管眼皮底下的荒唐事。

年年岁岁花相似　岁岁年年人不同

2020年5月1日

劳动节，中度霾。俗话说得好，劳动最光荣。劳动创造价值，那得是有效的劳动，无效劳动反而是破坏。这里边的弯弯绕绕，一下两下真说不清。比较好判断的是直接对抗，结果一目了然的那种，比如体育竞技，比如战争输赢。下棋，输了就是输了，跑步，慢了就是慢了，找种种理由，多半没啥用。但有裁判的还是会引起争议，乒乓球这种回合多的还好，足球比赛一个误判错判就可能改变结果，1966年英格兰捧得世界杯，球到底有没有越过球门线，争议了几十年。即便是这样，体育比赛的结果，相对已经是最客观的了。

战争结果似乎也属客观，实际上却没有那么客观。李广你不是很能打吗？给几千步兵深入敌后，终于兵败还被俘了吧，为吗千方百计逃回来，还得再费劲设计算计。司马迁称赞他是“桃李不言，下自成蹊”。意思桃李有芬芳的花朵、甜美的果实，虽然不言不语，但仍然能吸引许多人到树下赏花尝果，以至于树下走出一条小路出来。比喻一个人一直做好事，不用说人们也会记住他，据说日本东京成蹊大学即以此为名。而历史的事实是，李广的结局为含恨自杀，卫青霍去病接续封侯。领导的意图没搞清楚，是不是能够为其所用，或者说是只为其所用，搞不清楚打仗的目的，再怎么能打也是白打。岳飞倒是兵强马壮，一根筋要直捣黄龙，十二道金牌召回，莫须有罪名杀了。皇帝怎么能容忍你接太上皇回来呢？这算是理性合理选择。不过确实有自毁长城的，皇太极领兵十余万，从西路千里奔袭京城，袁崇焕九千人回救，广渠门恶战侥幸不败，相持多一天援军多一些，此消彼长大胜已可期，可笑崇祯一个劲逼问，为啥不主动出击歼敌？皇太极终于退却，袁崇焕千刀万剐，通敌纵敌万人唾骂，大明不亡没有天理。屡战屡败还是屡败屡战，欲加之奖与惩何患无辞。

城头变幻大王旗，管他春夏与秋冬。有说文章见人品，其实这个也未必。年年岁岁花相似，岁岁年年人不同，这是唐代诗人刘希夷的作品《带白头翁》中的名句。刘希夷自己觉得写的很不错，就拿给舅舅宋之问品鉴。宋之问看了诗，也觉得非常好，堪称点睛之笔，宋之问觉得这一句很好，只有自己跟刘希夷知道，如果花钱买了说是自己写的也不会有人知道。于是宋之问就跟刘希夷说，想花钱买这一句；自己的原创作品刘希夷当然不想卖啊，于是就拒绝了他。宋之问肯花大价钱，刘希夷还是不同意。宋之问觉得自己已经很给刘希夷面子了，但是他为什么死心眼就是不肯呢？宋之问很生气，就让家里的仆人用土袋把刘希夷压着，活活压死了他。要说宋之问的恶，确实可以扒一扒、表一表。宋之问求取功名时，正值武后执政时期，他为上位而攀附已上位之人，竟趋向依附张易之、张昌宗兄弟，极尽谄媚之能事；攀附不成的宋之问，穿上一身帅气长衫，写了一首绝美情诗，可惜未入武后法眼；被贬的宋之问躲藏于好友张仲之家中，不仅不念收留之情，反而举报张仲之对武则天不满，导致张家被灭门。就是这样一个恶人，后来潜逃，写下了“近乡情更怯，不敢问来人”的名句。

道德文章业绩，不可大而化之，一码归一码。方正集团破产重组，其实万万想不到。因为国安旧案，始终保持警觉，不立危墙之下，总算没掉坑里。没意思的是，身在竞技场，竭尽全力，赢了白赢，还一堆指手画脚的。此心安处是吾乡，一转眼2020过去三分之一了。

脸上笑嘻嘻　心里苦哈哈

2020年5月8日

5月8日是世界微笑日，现在各种纪念日也太多了，世界的本质如此荒诞，更要变着法赋予意义。俗话说得好，笑一笑十年少，至少图个吉利吧。人生苦短，不如笑笑，总觉得逗人笑的艺术往往容易被低估，像《百年孤独》啥的，名字就高深莫测。历史上伟大的笑星，从金凯瑞到周星驰，私底下无趣而抑郁，而沉郁风格的艺术家，生活中并不见得悲情。生活不如意事十八九，越思考越痛苦，努力微笑，找寻荒诞里模糊的光影。

老一辈的本山大叔翻篇了，念念不忘也只能是当年勇，南周北郭也早已淡出视线，倒是郭德纲的儿子郭麒麟，小伙子行得挺端正，说明老郭教育好，也少不了运气成分。要说北郭的是非可不少，还发过不少感慨："人在天涯，身不由己，风雨踏歌行。江湖子弟，拿得起来放得下。放不下，也得放。活一百岁的没几个人，开心就笑，不开心待会儿再笑。高高兴兴比什么都强。如果你认为人人身上皆有善，那你还没有遇到所有人。未经他人苦，莫劝他人善。我挺厌恶有一种人，不明白任何情况，就劝你一定要大度的人。这种人你要离他远一点，因为雷劈他的时候会连累到你。抑郁的人中好人居多，坏人一般不会抑郁。其实冤枉你的人比你还知道你有多冤枉。”这几句认真读完，基本笑不出来了，保持微笑何其难。

而微笑本身，是一件多么美好的事情。《国风·卫风·硕人》讲“巧笑倩兮，美目盼兮”，李宗盛大哥也迷了心窍，“春风再美也比不上你的笑，没见过你的人不会明了”。现实中，人的能力大体分两种，一种是研究客观规律穷其究竟，一种是善于搞好关系从中渔利。专注于做事的属于劳力，专注于处世的属于劳心，“劳心者治人，劳力者治于人”，孟子早指出了，所以也没啥好说的。不过干活的人太少，蛋糕就不容易做大，没有增量争抢存量，前景就不大会美妙。不能容忍的缺点，于男人是猥琐和吝啬，于女人是粗鄙和丑陋。男人一旦猥琐，要靠跪着挣钱，很难让人瞧得起，不能像姜文“站着就把钱挣了”，至少像冯仑“蹲着挣钱总可以吧”。女人，归根结底是美丑，西子捧心，美啊美啊，东施效颦，丑陋无比。不过也不好说，微微一笑很倾城，只是不知哪个城。不知怎么想起了宋冬野唱的《董小姐》，唱的水平不听也罢，歌词倒是挺有意思：

董小姐你从没忘记你的微笑
就算你和我一样　渴望着衰老
董小姐你嘴角向下的时候很美
就像安和桥下　清澈的水
董小姐我也是个复杂的动物
嘴上一句带过　心里却一直重复
董小姐鼓楼的夜晚时间匆匆
陌生的人请给我一支兰州
所以那些可能都不是真的董小姐

你才不是一个没有故事的女同学

说什么若有诗书藏于心，哪里有岁月从不败美人，那英都不得不感慨埋怨，“你一笑而过，却伤害了我”。

叔本华指出，人与人之间，就像寒冬里的刺猬，靠得太近会痛，离得太远会冷。所以，保持距离，保持微笑。

《连城诀》是金庸小说里相对不怎么出名的，但刻画的人性太真实且丑恶，真正是入木三分、落花流水，为了生存，为了武功秘籍，为了金银财宝，无所不用其极。整本书中，哪怕正常尺度下的好人，一只手都数得出来。《连城诀》可以算是爱情的坟墓，所有的爱情都毁了。狄云和自己师妹青梅竹马、两小无猜；水笙和自己师哥仗剑走天涯；丁典和凌霜华一见钟情，靠着鲜花维系了一段珍贵的爱情。最终所有人的爱情都毁了，在那个暗无天日的世界里似乎不允许真情的存在。狄云和水笙的结合很大程度上可以算是相依为命，而不是真正意义上的爱情。水笙之所以会回到雪谷，最重要的原因还是看清众人的丑恶嘴脸，什么大侠君子，都是蛇蝎小人。水笙回眸一笑，狄云悲惨的前半生算是划了个句号，金庸还是忍不住安排了个温暖的结局。

到《鹿鼎记》，韦小宝就潇洒多了。凭借三寸不烂之舌，把每个人哄得团团转，抓住人性最本质的软肋，类似“小弟对你的敬仰犹如滔滔江水连绵不绝，又如黄河泛滥一发不可收拾”的话，张口就来无往不利。当然，韦小宝其实很会发掘利用有真本事的人，兵部尚书找来二十几个军官归韦小宝调遣，韦小宝看他们一个个胡子拉碴，不禁大笑：“怎么带兵的这么多大胡子……”“大胡子又怎样？你没的拿人来开玩笑！”赵良栋开怼了。韦小宝听到此言，不仅没有生气，反而大喜过望。“我是钦差大臣，人人都来拍我马屁，偏生赵大哥就不买账，一定是有本事之人。”韦小宝知道，凡是没本事的，只能靠拍马屁，不肯拍马屁的，多半有真本事。看看，不用自己会打仗，找到会打仗的人就行。事实上，金庸先生对韦小宝这个人物是极为喜欢的。

造化弄人，其实谁都不知道，命运在哪挖了坑。苏轼《定风波·南海归赠王定国侍人寓娘》表扬了随遇而安的寓娘：“常羡人间琢玉郎，天应乞与点酥娘，尽道清歌传皓齿。风起，雪飞炎海变清凉。万里归来颜愈少，微笑，笑时犹带岭梅香。试问岭南应不好，却道，此心安处是吾乡。”风起，微笑。正如林语堂所言，人生在世，还不是有时笑笑人家，有时给人家笑笑。

乌合之众　三人成虎

2020年5月17日

据福克斯新闻网报道，美国前总统奥巴马5月16日发表演讲时指责在位官员们缺乏能力，“他们甚至不会去假装自己在负责”。2008年初奥巴马就任总统时，只有47岁，意气风发，下半年就爆发了金融危机。到2016年卸任时也才55岁，击败希拉里胜选的特朗普已经70岁。而预定于2020年11月3日举行的选举，特朗普已74岁，拜登已78岁，两位耄耋老人对比壮年奥巴马、克林顿，很难想象会有怎样的作为。特朗普“推特治国”“满嘴跑火车”，世界也无奈，自相矛盾的事例比比皆是。

美国的选举制度比较复杂，总统由选举人团选举产生，并非由选民直接选举产生，获得半数以上选举人票者当选总统。选民在大选日投票时，不仅要在总统候选人当中选择，而且要选出代表50个州和华盛顿特区的538名选举人，以组成选举人团。绝大多数州和华盛顿特区均实行“胜者全得”规则，即把本州或特区的选举人票全部给予在本州或特区获得相对多数选民票的总统候选人。当选的选举人必须宣誓在选举人团投票时把票投给在该州获胜的候选人。因此大选结果通常在大选投票日当天便可根据各州选举结果算出。如果选举人票和普选票都获得多数，自然没有争议，但历史上现过3次普选票占优而选举人票少，从而一方仅凭选举人票优势当选总统的现象。2000年，美国选举人票为538张。共和党总统候选人乔治·沃克·布什普选得票50 456 002张，少于民主党竞选对手阿尔·戈尔的50 999 897张普选票，但布什获得271张选举人票，比戈尔多4张而当选总统。1888年，美国共有选举人票401张。共和党总统候选人本杰明·哈里森普选得票5 439 853张，同时获得233张选举人票。民主党候选人格罗弗克利夫兰普选得票5 540 309张，但仅获得168张选举人票。哈里森领先65张选举人票赢得大选。1876年，美国共有369张选举人票。在当年的总统大选中，共和党候选人拉瑟福德·海斯普选得票4 036 298张，民主党候选人塞缪尔·蒂尔登普选得票4 300 590张。海斯普选得票少于蒂尔登，但获得的选举人票却以185比184仅超出1张，从而幸运当选总统。

回顾下历史，当选举人票和普选票不一致的时候，说明存在程序上的不正义，至少是有瑕疵。而投来投去也是在两党推出的候选人中选，候选人一时瑜亮自然是好，候选人都老迈昏庸结果自然是筷子里面拔旗杆，矮子里面拔将军，都指望不上。“一朝天子一朝臣”是另一个大问题，官僚体系的相对稳定有其合理性，特别是关键的技术岗位。而特朗普上任以来，一直是治理自家公司的组阁方式，从号称最独立的美联储，到疾病防控这样的专业岗位，一言不合就推特威胁甚至解职，国家大事如同儿戏，杰斐逊、林肯地下有知，真不知道会作何感想。政治家本身的经验积累也很重要，历史上是有里根这样的天才选手，真假总统都能演得好，但总体看，不经历练支撑不住局面。居然还不少为特朗普“真性情”叫好的，总统山（拉什莫尔山国家纪念公园）上四位总统，百度看看所言所行，高下立见云泥之别，不是段位间的区别，根本就是专业和业余的区别。

不管怎么说，选举总还是好的，比不让选强多了，比你还不知道替你选了也强多了。直选、普选、选举人制，怎么选很重要，更重要的是，选出来干得怎么样。选举背后的真相，需要仔细去分析。1915年，君主立宪和民主共和的争辩成为了热门话题。最先给袁世凯上眼药的是杨度，这家伙写了一篇《君宪救国论》，洋洋洒洒对君主立宪那是一个吹捧，而袁世凯亲自题字表扬了他的才华。大家有了榜样，变着法地请愿。杨度搞出来一个“筹安会”开启了“帝制运动”，拼命“造皇”；袁世凯的儿子袁克定，想得到这个拥立之功，觉得保不齐还能混个皇帝继承人，所以疯狂给袁世凯“加油打气”，伪造报纸让袁世凯看到复辟的“强烈”呼声，以鼓起他老爹复辟的信心。各色人等抱着不同目的，纷纷组织团体，加入了这场“造皇”运动，并联名请愿让袁世凯顺应民意登基称帝，“让君主立宪早早强大民国”。这样的“造皇团体”数不胜数也奇葩不已，有什么学界请愿团、商会请愿团、车夫请愿团、教育请愿团、乞丐请愿团、妓女请愿团……说起最有影响力和最有实力的，自然是将军请愿团，包括蔡锷、阎锡山、张作霖，当然蔡锷很快跑路举起了反袁大旗。1915年10月6日，参政院以“尊重民意”为词，召开“国民代表大会”。各省匆促选举国民代表，举行“国体投票”，全体“赞成”君主立宪。袁世凯精明大半生，半推半就登上大位，昙花一现遗臭万年。

从历史上看，乌合之众，三人成虎，民意往往被利用。都说不好未必不好，都说好未必真的好，担当作为必然得罪人，有争议的很多经得起时间和实践的检验。

情深不寿　强极则辱

2020年5月18日

近来似乎很流行退隐。比尔·盖茨于2020年3月宣布辞去微软董事会职务，将更多时间用于慈善事业，只继续担任技术顾问。结果呢？美国民众不但不领情，还不断有示威游行要求逮捕盖茨，说他赞助疫苗研究警示疫情风险是贼喊捉贼。2019年9月10日，马云以庆祝教师节的名义，对外发布公开信表示，自己经董事会批准，已经决定于一年后阿里巴巴成立20周年之际，卸任集团董事局主席一职，将工作重心逐渐转移到教育、公益事业上。

2020年4月，美国《财富》杂志发布年度全球最伟大的25名抗疫领袖，将他们赞为疫情中的世界英雄，马云在企业家中排名第一，比尔·盖茨紧随其后。马云在接受央视《新闻1+1》节目采访中，被问到如何看待有人批评他向外国捐献抗疫物资时表示，大概任何国家都有1%左右的“脑子撞坏的混蛋”，如果我们都关注那1%，而忘掉99%善良的人群，这是人类的悲哀和悲剧。对此，时任国家外交部发言人耿爽力挺，马云先生的话很直接也很坦率。在大灾大难面前，自私、仇恨、攻讦从来不是正确的选择，良知、互助、感恩才是强大的力量。

媒体有报道，提问到底是谁在掌控京东？刘强东不断隐退，徐雷已成为最实权人物，潮、部队大院子弟、重逻辑讲规则、敬畏军令崇尚打胜仗等标签，被媒体贴在他的身上。70后徐雷是典型的北京爷们儿，长在军队大院，段子玩得很溜。要是夏天的话，兴许还能看到他胳膊上“无所谓无所畏”的文身。不知怎么就联想到影武者。说起联想，不提也罢，如果说柳老（柳传志）有教父的意思，接班人选得就差太多了。

王首富（王建林、万达集团CEO）的新闻好久不见，王公子（王思聪）倒还不时上热点，一会儿被限制消费了，一会儿要出售豪车了。要说还是潘石屹潇洒果决，清空全部资产套现数百亿，潘石屹自己说最近没事干，学了门计算机语言，发微博主要是显摆自己又解了哪些程序题。

李国庆抢公章夺权之余，还有闲情逸致点评别人：任正非退而不休，刘强东演习退休，俞敏洪想退休，柳传志是真退休，什么都不管了。外出减少，时间大把，蜚短流长确实多，躁动了八卦的心。怎么董小姐也会跑路呢，看来还是董大姐靠得住，格力再困难坚决不裁员，与时俱进直播带货，永不言弃精神可嘉。

连世贸总干事都提前辞职甩手不干了。5月14日，在世贸组织164个成员代表参加的特别视频会议上，世贸组织总干事阿泽维多宣布，决定在8月31日提前一年辞职。他在接受媒体采访时表示，这是避免该组织进一步陷入混乱的最佳方式，“我们现在什么都做不了，一切都陷入停顿”。

说是大时代，恁多荒唐事。5月17日下午，在山东举行了一场搏击比赛，这项赛事叫“演武堂之十六”，混元形意太极宗师马保国此番终于登台，马大师是形意太极门的掌门人，活跃于社交媒体的弟子门人众多，自称可以跟张伟丽打三分钟不喘气，他的对手是50岁的搏击爱好者王庆民，马大师今年69岁，但他表示自己一直在练气功，内力可以帮助自己增强耐力，所以这场比赛万众瞩目，结果几秒钟就被爱好者击倒在地。接手化劲发力，三鞭都不好使，没有散手堪一战，只有套路扎人心，也不知道是人走火入魔，还是病毒传染祸乱时代。

情深不寿，出自沈复的《浮生六记》，“情深不寿，寿则多辱”，后被金庸在《书剑恩仇录》里化用。

> 乾隆哈哈大笑，说道：“你总是眼界太高，是以至今未有当意之人。这块宝玉，你将来赠给意中人，作为定情之物吧。”玉色晶莹，在月亮下发出淡淡柔光，陈家洛谢了接过，触手生温，原来是一块异常珍贵的暖玉。玉上以金丝嵌着四行细篆铭文：“情深不寿，强极则辱。谦谦君子，温润如玉。”乾隆笑道：“如我不知你是胸襟豁达之人，也不会给你这块玉，更不会叫你赠给意中人。”

这四句铭文虽似不吉，其中实含至理。金庸在《书剑恩仇录》中，借乾隆送陈家洛佩玉上之刻字，道出自己人生特别推崇的境界，正是这四句十六个字。有意思的是，如此佳句居然没有人能查到其确切出处。有人查遍孔孟老庄，以及四书五经典籍，还是没有满意答案，故将此题贴于网上，多年以来终无所获，因此被称为“武侠与国文的一个绝题”。其中最接近的答案，是《国风·秦风·小戎》里有“言念君子，温其如玉”，《易经》第十五卦中有“谦”卦：“谦谦君子，用涉大川，吉”，如此这般。

泥上偶然留指爪　鸿飞那复计东西

2020年5月23日

5月23日，“闰四月”初一。“闰四月”比较罕见，一般相隔8年或11年，最长相隔38年出现一次。就21世纪而言，“闰四月”的年份一共有8次，最近的一次是2012年（壬辰年），再下一次是2058年（戊寅年）。农历年出现闰月，是因为中国几千年所采取的传统农历，实际上为阴阳合历。既考虑与太阳直接相关的阳历回归年，又考虑与月亮位相变化的阴历朔望月。有句话不大吉利，“闰四月，吃树叶”，从字面上理解：闰四月，农民可能要吃树叶了。这是为什么呢？因为对于农民朋友来说，闰四月的到来，代表着不少农作物春耕时间都得推迟或提前。而且农历的四月属于春季，如果是两个四月的话，那么意味着春季会比往年长，出现倒春寒的可能性也会加大。传统文化，取其精华，去其糟粕，不迷信。

香港实行“一国两制”，实际上高度自治，内地居民去一趟香港不比出趟国容易。当然毕竟离得近，因公因私，十次八次是去过的。1997年7月1日香港回归，《我和我的祖国》“回归”篇中，惠英红饰演香港警察，任达华饰演逃难到香港的钟表师傅，惠英红直言“我是黄皮肤，永远是中国人”，任达华表示“中国人要心连心，手连手”。两人的表演自然真情流露，重现了难以忘怀的历史时刻。

而人们更津津乐道于20世纪80年代初撒切尔夫人和邓小平在北京的谈判，撒切尔夫人心神不宁在人民大会堂台阶上趔趄的轶事。罗大佑创作了《东方之珠》："东方之珠整夜未眠，守着沧海桑田变幻的诺言，让海风吹拂了五千年，每一滴泪珠仿佛都说出你的尊严……"那真是忆往昔峥嵘岁月稠。从改革开放到21世纪10年代，香港作为连接内地与世界的桥梁，由于巨大的经济优势，在文化输出上也处于强势地位。

我第一次去香港已经是2002年底，上海黄金交易所开业完成第一笔代客交易之后，终于能够赴港开始已推迟数月的跟岗。那时的本币业务对比外币业务，就好像土包子膜拜效颦美利坚，在港的外币交易员薪酬数倍于本币，跟岗培训也是一种待遇。第一天下班走出办公室，华灯初上灯火通明，摩天大楼鳞次栉比，有种不真实的漫画感，留下非常深刻的印象。当时觉得金钟中环真是摩登繁华，后来再去也就没啥感觉了。香港交易员讲解结构性产品，"你看我先买一个期权规避风险，再卖一个期权收回期权费，区间很宽，稳赚不赔。""稳赚不赔？你咋不上天呢？万一出了区间不得赔惨了？""不会的，过去的统计表明那都是极小概率事件。""过去不能说明未来，极小概率不是不可能发生，我就是想不明白。"孺子不可教也，这个交易员此后拒绝给我讲课，他虽说40多岁但锻炼有素，羽毛球场上打得30岁的我满地捡球。没人管我也懒得问，经常跑去不远处长江中心彭博办事处，说是学习系统，其实蹭吃蹭喝，呆坐看看风景。没事就研究去哪里玩，待了3个月，比同事在港待一两年去的地方都多，以至于刚回京的一段时间，经常接到香港同事电话，询问离岛偏僻处的攻略。在红磡看了学友的演唱会，赶上了刘伟强、麦兆辉执导的《无间道》发行，刘德华、梁朝伟、黄秋生、曾志伟等主演。2003年，该片获得了第22届香港电影金像奖最佳电影奖、第40届台湾电影金马奖最佳影片等奖项，梁朝伟凭借该片获得第22届香港电影金像奖最佳男主角奖等奖项。有人把一手好牌打得稀烂，有人抓了一手烂牌，但始终进退有度，辛苦经营有所得。21世纪初的那几年，真是欣欣向荣的黄金时代。

转眼就到了2008年。次贷对香港的冲击比对内地大得多，雷曼迷你债券引起多年诉讼，经济减速贫富差距不断加大。2013年1月，据称是一位香港小学生写的作文《李家的城》疯传网络，引起人们的关注和热议。在这篇作文里，该学生历数了屈臣氏、百佳、惠康等在香港街头随处可见的李氏家族产业，感叹说："看着一间间诚哥旗下的物业，我心中有无比的感动。香港一切的商店，不论是哪种类型，全是诚哥带给我们的恩赐。"春秋笔法，尤其亮点在倒数第二句："他付出了那么多，只是希望我们准时上班，不准时下班。"此后李超人不断从中国撤资，去欧洲布局了，而港村的分裂日渐加深。

2018年短暂在港学习。早上特意到大家乐看看，多是颤巍巍的老人家，酒店旁边自助银行里有流浪汉夜宿，服务业对标准普通话明显不大友好。安排拜访廉政公署，会议开始前去了趟洗手间，回来只剩下第一排的座位。廉政公署，陀枪师姐，无数港片，青春的记忆不断涌现。听说香港请客吃饭不受限制，于是问"请客吃饭不应该有个标准金额啥的限制一下吗？"师姐说这个没限制，吃多贵的饭都可以，吃喝不完的食材酒水还可以带走。这么规定全凭自觉，可就不够与时俱进，多贵的酒都有，喝一瓶拿两瓶，廉政不应该管吗？故步自封，不进则退，而2019年以来的风波，更加让人唏嘘亲痛仇快。自由和秩序，需要动态保持在一个合理区间。事实上很多时候，缺少一些自由的秩序，比较失去秩序的自由，对多数人的伤害更小，或许这更多是前浪的感受吧。

如此这般的深情若飘逝转眼成云烟
搞不懂为什么沧海会变成桑田
其实不过短短廿余年

天地庄生马　江湖范蠡舟

2020年5月28日

5月26日，亚洲最大赌场的拥有者，最具知名度的澳门赌王何鸿燊，在住院11年，花费15亿港币，8个顶尖医生组成的医疗团队的维护下辞世，时年98岁。

2019年是澳门回归祖国20周年，何鸿燊可以说是澳门的标志性人物，无论家族还是生意，均与澳门息息相关、关系深厚。这位叱咤港澳、名扬海内外，影响力遍及全世界的巨富，不但因富可敌国而出名，也因经营具有争议性的博彩业，以及妻室子女成群等备受关注。因生前叱咤澳门博彩业，何鸿燊被称为“赌王”。自1961年拿下澳门博彩业专营权，历经半个世纪，直至取消专营权后，何鸿燊家族的博彩帝国依然掌握3家持牌赌场，以及一家市值逾500亿港元的上市公司澳博控股（0880.HK），后者已由女儿何超凤接管。信德集团（0242.HK）和新濠国际（0200.HK）两家市值合计近200亿港元的公司，目前已分别由女儿何超琼和儿子何猷龙掌管。据不完全统计，何鸿燊生前在港澳两地控制的资产达5 000亿港元，何鸿燊家族每年缴税超40亿港元，占澳门总财政收入的50%以上。5 000亿元什么概念？假如每年赚100万元，需要挣50万年，从北京猿人时代就得开始。

家族（尤其祖伯父何东）的名声、地位、人脉关系等曾为何鸿燊的迅速崛起提供了支持，但父亲的一走了之与家道中落的挫折，也可能是激发何鸿燊上进的极重要因素。王晶曾在1992年推出电影《赌城大亨之新哥传奇》及《赌城大亨II之至尊无敌》，刘德华扮演的角色原型正是何鸿燊，邱淑贞的原型是赌王原配黎婉华，万梓良的原型是霍英东，其他主演还包括王祖贤、秦沛、李嘉欣等。赌王是欧亚混血，英俊潇洒风流倜傥，刘德华演绎相当传神。

赌王大太太黎婉华，二太蓝琼缨、三太陈婉珍、四太梁安琪，有17个子女，虽然赶不上韦小宝拥七美，也足以称得上当代传奇了。2011年，何鸿燊的律师高国峻称，赌王在二房、三房的胁迫下被迫转让股份，并欲状告二房及三房成员。但最终这份已经递交到香港高等法院的控诉，又被何鸿燊亲笔签名的文件撤销。何鸿燊再发表签名声明，表示将和谐处理家产问题。虽然身为赌王，但何鸿燊自己说："虽然在地球上开了很多赌场，但我从不赌，因为我明白，只要赌了第一次，后面就会有无数次，所以一次也不曾赌过！"说什么小赌怡情，大赌发家，其实十赌九输，赚钱的始终是开场子的。这跟布隆伯格创办彭博社卖资讯卖系统卖服务是一个道理。1981年，迈克尔·布隆伯格用公司给他的1 000万美元补偿金开始了他的第二次创业。他把新公司定位成一家用新技术为金融机构提供资讯服务的公司，命名为"创新市场系统公司"，这家公司就是后来彭博新闻社的前身。如果没有增量资金入市，央行不坐庄，规模不扩张，金融市场很多时候是零和游戏，赚钱殊为不易，赔钱倒是挺容易，提供资讯服务啥的倒可以旱涝保收。只不过次贷十几年来，全球主要央行近似于无限兜底，大家只管嗨起来，音乐似乎不会停。

八卦文章够多了，且不去管它，要表达的是，澳门香港相继回归，发展方向却大不同。全国政协委员、澳门特别行政区立法会副主席崔世昌表示：“澳门特区在2009年就完成维护国家安全的立法，这是‘一国两制’中一个很好的证明。将来，澳门的爱国爱澳情怀要保持下去，运用‘一国两制’激励粤港澳大湾区的发展。我相信，澳门会有更美好的将来！”而以赌王为首的富豪，延续了几大家族的爱国传统，相信盖棺论定，抬棺覆旗待遇，青史留名可比霍英东。说什么全球化倒退，造什么慢球化新词，真理始终在大炮的射程内。孟晚舟被羁留两年，加拿大不列颠哥伦比亚省高等法院温哥华当地时间5月27日上午（北京时间28日凌晨）公布了孟晚舟引渡案的第一个判决结果，认定华为公司副董事长、首席财务官孟晚舟符合“双重犯罪”标准，因此对她的引渡案将继续审理，孟晚舟女士将留在加拿大参加后期的相关听证，并等待新的审判结果。华为对此判决回应：“我们对不列颠哥伦比亚省高等法院的判决表示失望。我们一直相信孟女士是清白的，我们也将继续支持孟女士寻求公正判决和自由。我们希望加拿大的司法体系最终能还孟女士清白。孟女士的律师团队将不懈努力，确保正义得到伸张。”匹夫无罪怀璧其罪，正义不会自己到来。

“天地庄生马，江湖范蠡舟。逍遥堪自乐，浩荡信无忧。”谁不期望呢？唐朝做得高官的诗人高适，在《古乐府飞龙曲，留上陈左相（陈希烈）》写道：“折腰知宠辱，回首见沉浮。天地庄生马，江湖范蠡舟。逍遥堪自乐，浩荡信无忧。去此从黄绶，归欤任白头。风尘与霄汉，瞻望日悠悠。”庄生马是《齐物论》里的形象比喻：“以指喻指之非指，不若以非指喻指之非指；以马喻马之非马，不若以非马喻马之非马也。天地一指也，万物一马也。”意思是：天地万物和我（庄周）合而为一。下半句的“江湖范蠡舟”中的“舟”也是万物的指代。它的意思是：江河湖海与万物合而为一，浑然一体而没有丝毫差别。不过要想“逍遥堪自乐，浩荡信无忧”，总得先知道荣辱，见过沉浮。

前门大街上有个亿兆百货，始建于1935年4月，当时是北京城最大的一家百货，其亿兆之名，取生意兴隆，买卖发财，成亿万富翁之意。不过85年过去，几经沉浮，现在还是个毛纺织品专营商场，“风流总被雨打风吹去”，如之奈何。门上的对联透着老北京的豪横劲儿，何必尊称庄周为庄生，何必咬文嚼字船作舟，只是靠经营纺织品成就亿兆，无论如何都不可得也说不得。

青山依旧在　几度夕阳红

2020年6月4日

“滚滚长江东逝水，浪花淘尽英雄。是非成败转头空。青山依旧在，几度夕阳红。白发渔樵江渚上，惯看秋月春风。一壶浊酒喜相逢。古今多少事，都付笑谈中。”这是明代大才子杨慎所作《廿一史弹词》第三段《说秦汉》的开场词《临江仙·滚滚长江东逝水》。1511年（明朝正德六年），杨慎获殿试第一，行高于人众非之，1524年终因得罪世宗朱厚熜，被发配到云南充军。他经常四处游历，观察民风民情。每到一地都要与当地的读书人谈诗论道，留下了大量描写云南的诗篇。此词即其中一篇。这是一首咏史词，借叙述历史兴亡抒发人生感慨，豪放中有含蓄，高亢中有深沉。

从全词看，基调慷慨悲壮，令人荡气回肠，不由得平添万千感慨在心头。杨慎凝望长河奔腾，思索感慨永恒价值，在成败得失之间寻找终极的人生哲理，既有历史兴衰之感，更有人生沉浮之慨，境界高洁，胸怀旷达，亢龙有悔，宁静致远。当然要努力建功立业，当然要展现英雄气概，当然知道终究是永结无情游，仍然尽全力沉淀相期邈云汉。他以豁达心境，看景物的变化，看时代的更迭，顿觉人生何尝不是如此？你留也好，去也罢，四季照样变化，朝代照样更迭，生命照样老去。面对短短的人生，我们又何必一定要去强求什么呢？此刻心境虽然无奈却也洒脱。

清初毛宗岗父子修订罗贯中版《三国演义》的时候，将这首词放在了卷首。而这首词广为人知，更多的是因为谷建芬为1994版《三国演义》谱写了《滚滚长江东逝水》，而杨洪基从20多位歌手中脱颖而出，广为传唱获奖无数。好词大家都喜欢用，1964年琼瑶发表了以《几度夕阳红》为题目的长篇小说，讲述了李梦竹、杨晓彤母女两代人的爱情经历，被多次翻拍成电视剧，这跟原作的意境可是八竿子都打不着边了。所以不管是啥经，断章取义，以讹传讹，念着念着就会不知道念哪去了。

公开数据显示，台湾2019年地区生产总值（GDP）初步数据为4.22万亿元（人民币，下同），经济增速为2.73%。福建省2019年GDP达到了4.24万亿元，首次反超台湾，经济增速高达7.6%，实现历史性突破。国家强大、民族复兴、两岸统一，是历史大势，搞分裂永远是罪人，古往今来翻不了身的，以后看来也不可能。

1989年，美国新保守主义期刊《国家利益》发表了日裔美籍学者福山的文章，标志着“历史终结论”作为一个完整的理论体系正式出笼。而其后苏联及东欧社会主义联盟瓦解，印证了福山的理论：自由主义理念战胜共产主义理念之后再也没有理念对手，于是“历史”终结了。而2020年以来发生的事情，似乎已证明结论下早了。日前，经济学家斯蒂格利茨撰文《新自由主义的终结与历史的复兴》，批判“历史终结论”，历数新自由主义的几大罪状：侵蚀民主、财富集聚与社会分化、金融市场去监管化与金融风险、气候危机等等。他认为，不受约束的市场无法运转，眼下的危机更令人意识到：新自由主义确实将终结文明。前进的唯一道路，拯救我们的星球和文明的唯一办法，是历史的重生，是启蒙运动之自由、尊重知识、民主等价值得以重新伸张。福山在接受《观点报》采访时辩解：新自由主义已死，“我们将回到五六十年代的自由主义”，即市场经济、私有财产以及高效国家三者的并存。在他看来，国家制度与抗击疫情的成果之间没有必然联系，决定各国表现的是国家能力与卫生制度，这同时还涉及公民对政府的信任问题。

回顾过去，展望未来，但博古未必就通今，更不能指导前行路。摸着石头过河，是偶然的必然。特朗普援引1807年《叛乱法案》动用军队，“以迅速解决问题”。这是昏了头了，只会加剧分裂。三位美国前总统克林顿、布什、奥巴马近日先后就弗洛伊德遭警方暴力执法致死事件表态。三人中既有民主党人，也有共和党人，他们均对这起事件折射出的美国种族问题现状感到担忧。克林顿5月30日在其基金会网站上发表声明指出：“不应该有人以弗洛伊德那样的方式死去。他的死给人们一个痛苦的提醒，即一个人的种族身份依然决定着他被对待的方式。”布什声明称：“长期以来，美国面临的最大挑战是如何把来自不同背景的人团结起来，成为一个充满正义和机会的国家。种族优越感曾经几乎分裂了这个国家，现在也仍在威胁着这个国家。”奥巴马进一步提出：“如果想要真正地改变，必须要通过抗议和选举两种方式实现。”他呼吁民众在今年11月的大选中把选票投给能够带来改变的候选人。而当地时间3日，美国前国防部长马蒂斯通过媒体发表声明，强烈谴责特朗普。马蒂斯说：“我这一生，特朗普是第一个不去团结美国人民的总统，甚至都不会假装去尝试。反而，他试图分裂我们。我们都见证了三年多来缺乏成熟领导的结果。”马蒂斯曾于2017年至2019年担任特朗普政府的国防部长，离职后一直保持低调，很少对时事发表评论。感觉这次特朗普麻烦大了，而制度层面的问题似乎已进入清算模式。

抓住休假的尾巴，趁着人还比较少，走马观花去了趟故宫，有十几二十年没去了。传说老北京城是个“八臂哪吒城”，只有八臂勇哪吒才能镇服得了“苦海幽州”的孽龙。姚广孝，永乐大典，御龙铭千古，几度夕阳红。

自己按门铃自己听　小车不倒且只管推

2020年6月6日

《歌手·当打之年》第十期，周深演绎了高晓松多年前创作但没有发表过的作品《自己按门铃自己听》，无论演唱的技术，还是情感的表达，都让人叹为观止。雌雄同体似浑然天成，做作到极致归于自然。

冬天来得很迟
你有我的地址
信箱里有钥匙　没人知
你是我的眼泪
琴弦上的玫瑰
天亮时的派对　好滋味
我会自己按门铃　自己听
自己茂盛了　自己凋零
自己的眼睛　自己的病
自己的狰狞　自己平静
好啦就写到这儿
想你现在在哪儿

你一定不安宁

我证明

谁在门外离开

说是高晓松和尹约多年前写的词，具体多少年也不清楚，还说是脱胎于老知青的遗嘱，原来“矮大紧”年轻时有很多面啊，还以为都是《同桌的你》《睡在我上铺的兄弟》之类的。不过以前没有推出，说明当时没有市场，或者没有合适的人演绎，对的时候对的人，迟了早了都不行，所以孤独既是常态，也必然是终极状态。鲁迅先生在《而已集》末尾篇《小杂感》这样写道：“楼下一个男人病得要死，那间隔壁的一家唱着留声机，对面是弄孩子。楼上有两人狂笑；还有打牌声。河中的船上有女人哭着她死去的母亲。人类的悲欢并不相通，我只觉得他们吵闹。”如此这般的深情，尽在而已小杂感。

据第一财经报道，美国劳工部6日公布的数据显示，美国5月非农就业人口增加250.9万人，大幅好于预期的减少800万人，失业率从4月的14.7%下降到13.3%。数据公布后当天的美股三大股指全面上涨。但不久之后，美国劳工部劳工统计局发布声明承认数据存在误差。其发言人斯特恩伯格也确认，劳工部的统计数据存在“错误分类误差”。“如果受访工人被记录为‘在职’分类，但在受访的那一周都没有工作，这一部分人被算为‘（短期解雇）类失业’的话，那么失业率的总数将会比现在官方公布的统计数据要高。”斯特恩伯格回应称，如果将那些“有工作”但“没在工作”的人也归类到“失业”类别的话，5月美国的真实失业率将达到约16.4%，比官方当天公布的13.3%要高3.1%。而且5月黑人的失业率比4月时的16.7%上升至16.8%，创下逾十年来的最高水平。但不管怎么说，昨天晚上道指大涨3.15%，一度大涨4%，点数站上27 000。从3月23日的18 213.65，到昨晚最高27 338.30，道指用了不到3个月，突破一个又一个的千点关口，短短53个交易日，期间涨幅最高达50%。纳指更牛，昨晚创出了历史新高，从3月23日的6 631.42，到昨晚最高的9 845.69，涨幅高达48%。以至于特朗普在6月5日白宫发布会上点名巴菲特，“巴菲特一生都是对的，但在抛售航空公司股票上却犯了一个错误”。

国内债市最近的一轮调整，大约比得上2016年钱荒了。从业20年，市场始终是这样，钱多就可劲买买买，一收紧就哭爹喊娘。赚钱是判断准确策略得当，赔钱怪大市不好殃及池鱼，谈什么价值分析系统模型呢。

人数自古有尽　天命从来无常

2020年6月7日

昨天看了篇好文章，《为什么说：“少不读苏东坡，老不读辛弃疾”？》，文章指出，“少时读苏轼，容易陷入虚无。老来读辛弃疾，人生过半却意难平，此话并非莫须有。”今日细读推敲，随兴致感慨下。

诗词由心，胸中块垒，都是写自身。苏词豪迈，英气勃发，有达则兼济天下的抱负；但东坡豁达似乎与生俱来，乌台诗案后更是看破世事，小舟从此逝，江海寄余生。本质上文化是其主业，吟诗作赋，书法绘画之余，修了个苏堤，发明了东坡肉，都是顺带的事情，虽然也写过“会挽雕弓如满月，西北望，射天狼。”其实就是打了个猎，估计就是打了个野兔啥的，要是打着老虎野猪，以东坡的文笔，还不得吹到天上去。苏轼是个文化人，真要让他“持节云中”，或者领兵打仗，多半是不行。倒不是说文人打仗一定不行，从班固投笔从戎，到广东举人袁崇焕宁远一战，居然轰得纵横辽东几十年的军事天才努尔哈赤重伤不治，可见不可一概而论。

但辛弃疾主业并不是吟诗作赋，年轻时本来苦练武功一心杀敌收复失地的。辛弃疾是生于金国的宋人，少年时抗金归宋，习得一身好武艺，终生以恢复山河为志，却命运多舛、备受排挤、壮志难酬。古代有名的文化人，有据可查的记载里，应该是辛弃疾武功最高。史载辛弃疾于1162年奉命南下与南宋朝廷联络，在他完成使命归来的途中，听到耿京被叛徒张安国所杀、义军溃散的消息。他居然率领五十多人奔袭万人敌营，把叛徒擒拿带回建康，交给南宋朝廷处决（当街游行示众，后砍头）。这有点项羽万人敌、乔峰率18骑闯少室山的意思了。所以辛弃疾写“醉里挑灯看剑，梦回吹角连营。八百里分麾下炙，五十弦翻塞外声，沙场秋点兵。”那可不是文人想象夸张，那是老辛终其一生执着报国的情怀。只不过，纵然“马作的卢飞快，弓如霹雳弦惊”，南宋朝廷偏安一隅，早没有了太祖皇帝长拳棍棒打天下的雄心，终不能了却君王天下事，退而求其次，诗词以自遣，赢得生前身后名，可怜白发生！

虽然苏轼也写过不少清新抒情的佳句“休对故人思故国，且将新火试新茶。诗酒趁年华。”辛弃疾也写过“而今识尽愁滋味，欲说还休。欲说还休，却道天凉好个秋。”这样婉约的词作，但两人并称苏辛，是豪放派的泰山北斗，以词会友，半斤八两，苏轼诗也写得好，书法绘画都是大家，多才多艺略胜一筹。不过要是动手，苏轼父子三人齐上也不是老辛的对手。也有很多文章对比苏轼和李白，最精辟的一句是“白有轼之才，无轼之学”（宋神宗）。李白是天才横空出世，才华如黄河之水天上来，不过治学读书似不及苏轼广博严谨。但据说李白武功挺高，《新唐书·文苑传》里记载，李白“喜纵横术，击剑，为任侠”。或许李白的《侠客行》描写的就是他自己的人生经历吧，至于有没有十步杀一人那么夸张就不得而知了。也有考证说李白本是西域小国王子，他的师傅是唐朝第一剑客裴旻，师出名门，所以李白的剑术绝对不差，毕竟他师傅也是要面子的。甚至有人说李白是大唐第二剑客。李白的侠客行，金庸全文引用，创作了小说，石破天不识字，却练成了《太玄经》，很多金庸迷认为《太玄经》才是金庸小说里最厉害的武功。

不识字却有大成就，终究是小说家言，金庸自己因为受聘于浙大引起争议，忿忿不平于一些文化人将其贬低为通俗小说家，甚至武侠小说不能登大雅之堂，八十岁高龄还去剑桥拿了历史硕士、博士学位，对荣誉（或者说虚名）的在意程度，执着得有些过分了。自勉事了拂衣去，其实终究意难平。以金庸先生读书之广博，小说杂文之成就，甚至积累的财富，何必执着于学位虚名呢？不过左宗棠62岁还上奏要进京赶考，慈禧不得已赐予了左宗棠进士出身，加东阁大学士。其心思与金庸一个道理。好读书而不求甚解，博观约取致厚积薄发，是思维成体系的不二法门。大学时专业书念得少，哲学历史小说看得多，搞研究时潜水各论坛，很多是囫囵吞枣一知半解，忽然就融会贯通豁然开朗。

其实埋头干事往往顾不上写作发声，退而求其次，不得已而已。话说特朗普“推特治国”为啥愈发起劲呢？6月6日，美媒Mediaite称特朗普在6月5日单日发布了200条推特，其中37条为原创文，剩下的为转发和引用。平均7分12秒发一条，打破他此前单日发142条推特的纪录。他同时打破了单周发推纪录：468条；以及一小时内发推数纪录：79条。天呀，这是有多意难平。

无可奈何花落去　似曾相识燕归来

2020年6月18日

一年一度“6.18购物节”。又有6，又有8，国人喜欢的好日子。

6月18日，京东集团首日上市高开5.75%报239港元，盘前成交7.78亿港元，最新总市值7 386亿港元，位居港股市场第15位，在互联网行业中排第4位，仅次于阿里、腾讯和美团点评。公司此次发行1.33亿股，每股定价226港元，募集资金净额约297.71亿港元，超越网易成为今年以来港交所最大规模新股发行。要说国内这几年在网购、快递、在线支付方面快速发展，极大地提高了效率，方便了生活。放眼世界，大国里面处于绝对领先位置，在防控疫情的特殊时期作用更是凸显。

第十二届陆家嘴论坛也于今日在上海开幕，国务院副总理刘鹤在书面致辞中表示，健全鼓励中长期资金开展价值投资的制度体系。他表示，坚持“建制度、不干预、零容忍”，加快发展资本市场。要坚持市场化、法治化原则，完善信息披露、发行、退市等基本制度，着力增强交易便利性、市场流动性和市场活跃度，健全鼓励中长期资金开展价值投资的制度体系。现场大咖云集，共商“新起点、新使命、新愿景”。

“给我一个支点，我可以撬起地球。”这是阿基米德家喻户晓的一句名言，也是年轻人喜欢的表达勇敢与自信的宣言。而实际情况是，首先找不到合适的支点，其次还得有可变足够大的金箍棒，就算两个条件都具备了，估计阿基米德也拨不动，还得有个孙悟空。所以吧，话容易说，实践却很难。

特别国债也选在这个好日子发行。从目前的配套政策看，并没有过多的特别之处。很多分散投资者提高流动性的研讨建议，说起来头头是道各有各的道理，却不知实践当中，规模最大的几家，交易员们一级市场投标都忙不过来，哪有工夫琢磨怎么提高流动性。具体事务处理不完经常顾不上吃午饭，加完班叫个专车还得考虑下小日子过得紧巴巴，怎么培养全球视野、宏观思维，高屋建瓴地看问题，须知培养历练高手，没有土壤机制的话，基本上不过是偶然。

财联社6月17日讯，北京市教委新闻发言人李奕介绍，按照已经公布的时间，暑假7月11日至9月1日没有变动。下学期做好线上线下学习的双重准备，同时总结上一学期的线上教学、防控等经验和做法。孩子返校上了两周课，又开始回家上网课了，基本上寒假连着暑假放，9月份能不能如期开学也未可知。学区房应该降温了吧，反正以后很多是线上，自我管理自学能力是决定性的。怪不得小说里总讲高手都得坐关自悟。《明实录》有记载大儒王阳明12岁写下《蔽月山房》:“山近月远觉月小，便道此山大于月。若人有眼大如天，当见山高月更阔。”中年时夜半在兵营练气，纵声长啸，一军皆惊。风流总被雨打风吹去。无可奈何花落去，似曾相识燕归来。

无关迟暮　不问翻覆

2020年6月21日

今日夏至，蝉始鸣，半夏生，万物繁茂时。今天还是父亲节。

天文预报显示，今天我国境内将发生一次“日环食”天文景观。此次“日环食”是2020年最值得期待的天象。这也是时隔8年后，“日环食”再次光临我国，“日环食”发生时，月球会遮住太阳的大部分中心部位，露出一圈环状的太阳边缘，好似一个“金指环”。此次“日环食”的环食带西起非洲中部，经过阿拉伯半岛、巴基斯坦、印度后进入我国境内，其中西藏、四川、贵州、湖南、江西、福建、台湾可见环食，其他地区可见不同程度的偏食。

据说，父亲节、夏至和日食同一天出现要300年！诸经论中讲，在日食、月食、冬至、夏至这四个特殊时期行持善法，功德将自然增长无量倍！然此四者的相应功德，依次递减，其中以日食最为广大、不可称说！今天也是农历五月初一，藏历4月30日（萨嘎月最后1天）释迦牟尼佛加持日，可把握良机精进行持善法。说起修行，6月21日还是联合国大会于2014年通过决议设立的“国际瑜伽日”，旨在推动全世界对于练习瑜伽所带来的诸多益处的认识。瑜伽是一项起源于印度的古老的身体、心理、精神的练习，“瑜伽”一词源自梵文，意为“合一”或“联合”，象征身体与意识的合一。瑜伽是一种强有力的工具，可以应对不确定和孤立的压力，也可以保持身体健康。

以上说明，今天是个“四合一”的大好日子。

想起自己要孩子比较晚，既有经济条件差的原因，更多还是怕担不起责任。前几天一位年轻同事说，妻子怀孕了心里有点慌，觉得自己还是个大男孩，不知道该怎样当好父亲。是啊，当有了孩子，人生就有了最大的牵挂，对孩子无条件的爱和责任，生活对于绝大多数人来说，都意味着发生根本性的变化。生孩子难（每一位妈妈都很伟大），养孩子难（通常是妈妈付出更多），教育孩子更难（对父母都是巨大挑战）。为啥别人家的孩子都那么出息呢？这是困扰每一个父母的问题。或许是因为父母总是望子成龙，只盯着那些表现突出的孩子。其实对于多数通过考试读书留在大城市工作生活的“70后”“80后”来说，他们的下一代读书考学方面赶上父辈的概率明显小很多了，这真是一个根本性的矛盾，就不展开说了，说多了都是泪。

爱总希望在一起，但是对子女的爱，最后却指向分离。龙应台在《目送》中写道：“我慢慢地、慢慢地了解到，所谓父女母子一场，只不过意味着，你和他的缘分就是今生今世不断地在目送他的背影渐行渐远。你站立在小路的这一端，看着他逐渐消失在小路转弯的地方，而且，他用背影默默告诉你：不必追。”但是在他成长的过程中，到底怎样做才是恰到好处，效果才好？呵护多了，成长就慢，放手不管，又不舍得。话说回来，孩子身心健康成长，憨胖满足的自在样，不正是生活的目的和意义嘛。台湾作家刘继荣的女儿说：“我不想成为英雄，我只想成为坐在路边鼓掌的人。”作家妈妈又能怎么样？自己写了本同名书。但还是想借用龙应台写给儿子安德烈的一段话：“孩子，我要求你读书用功，不是因为我要你跟别人比成绩，而是因为，我希望你将来会拥有选择的权利，选择有意义、有时间的工作，而不是被迫谋生。当你的工作在你心中有意义，你就有成就感。当你的工作给你时间，不剥夺你的生活，你就有尊严；成就感和尊严，给你快乐。”书中总有黄金屋，梅花香自苦寒来，追求美好的过程，通常不会太舒适。期盼孩子能够原力觉醒明白这一点。

不忘初心，方得始终。无关迟暮，不问翻覆。

人生达命自洒落　忧谗避毁徒啾啾

2020年6月25日

今年端午节为21世纪并列最晚。21世纪100年内一共有3次端午节最晚的年份，分别是2001年、2020年和2058年，对应的阳历日期都是6月25日。而端午节出现在阳历6月25日还不是最晚的，最晚的是出现在阳历的6月26日，如1906年。农历五月初五为端午节，又称端阳节、午日节、五月节、艾节、端五、重午、午日、夏节等。虽然名称不同，但各地过节的习俗大同小异。端午节有两千多年的历史，每到这一天，家家户户都悬钟馗像，挂艾叶菖蒲，赛龙舟，吃粽子，饮雄黄酒，结果白娘子现了真身，所谓真爱，到底抵不过人妖殊途。

关于端午节的来历，流传最广的是纪念历史上伟大的民族诗人屈原。公元前340年，爱国诗人、楚国大夫屈原（名平），面临亡国之痛，于五月初五，或距这一天很近的一个日子，悲愤地怀抱大石投汨罗江。为了不使鱼虾损伤他的躯体，人们纷纷把竹筒装米投入江中。后来为了表达对屈原的崇敬和怀念，每到这一天，人们便竹筒装米，投入祭奠，这就是我国最早的粽子——“筒粽”的由来。

屈原生活的时期，正是中国即将实现大一统的前夕，“横则秦帝，纵则楚王”。屈原因出身贵族，又明于治乱，娴于辞令，故而早年深受楚怀王的宠信，位为左徒，朝廷一切政策、文告，皆出于其手。屈原为实现楚国的统一大业，对内积极辅佐怀王变法图强，对外坚决主张联齐抗秦，使楚国一度出现了一个国富兵强、威震诸侯的局面。但是由于在内政外交上屈原与楚国贵族集团发生了尖锐的矛盾，屈原后来遭到群小的诬陷和楚怀王的疏远。据《史记·屈原贾生列传》记载，上官大夫靳尚出于妒忌，趁屈原为楚怀王拟订宪令之时，在怀王面前诬陷屈原，怀王于是“怒而疏屈平”。屈原被免去左徒之职后，转任三闾大夫，掌管王族昭、屈、景三姓事务，负责宗庙祭祀和贵族子弟的教育。

怀王十五年（公元前304年），张仪由秦至楚，以重金收买靳尚、子兰、郑袖等人充当内奸，同时以“献商於之地六百里”诱骗怀王，致使齐楚断交。怀王受骗后恼羞成怒，两度向秦出兵，均遭惨败。于是屈原奉命出使齐国重修齐楚旧好。

此间张仪又一次由秦至楚，进行瓦解“齐楚联盟”的活动，使齐楚联盟未能成功。怀王二十四年，秦楚“黄棘之盟”，楚国彻底投入了秦的怀抱。屈原亦被逐出郢都，到了汉北。怀王三十年，屈原回到郢都。同年，秦约怀王武关相会，屈原力劝不可，而怀王的小儿子子兰等却力主怀王入秦，怀王亦不听屈原等人劝告，结果会盟之日即被秦扣留，三年后客死异国。楚国郢都被秦军攻破后，屈原自沉于汨罗江，以身殉楚国。

楚虽三户（屈、昭、景），亡秦必楚（霸王），那是后来的事，而且胜利果实还是被刘邦摘了去，李清照“至今思项羽，不肯过江东”，那是妇人文人的见解，毛主席《七律·人民解放军占领南京》说“宜将剩勇追穷寇，不可沽名学霸王”，杜牧也讲“胜败兵家事不期，包羞忍耻是男儿。江东子弟多才俊，卷土重来未可知。”才是大丈夫所为。总体上说，屈原在政治、外交、军事上没什么建树，离权力中心很远，只好吟唱发牢骚。“长太息以掩涕兮，哀民生之多艰”，百姓代言人，群众很拥戴，但是“鸷鸟之不群兮，自前世而固然”，再往前200多年的楚灵王，《墨子·兼爱中》记载：“昔者楚灵王好士细腰，故灵王之臣皆以一饭为节，胁息然后带，扶墙然后起。比期年，朝有黧黑之色。”面黄肌瘦，走路扶墙，上有所好，下必甚焉，好士细腰，不是好美人细腰，吟诗作赋无缚鸡之力，如何抵抗秦虎狼之师。

其实早在屈原投江之前，吃粽子和端午节已存在，是屈原这个文化符号将粽子、赛龙舟、端午节等已有元素聚合在一起，为农历五月初五增添了新的含义，沿袭千年。在相当长的一段时间里，端午祭祀屈原都只是楚地的一个地方风俗，统一了六国的秦朝不可能去推广祭祀屈原的端午节。秦统一中国之前各民族文化虽有交流，但各自的风俗习惯差别还是比较大，这个也就不难去解释在经历战争、分裂、再统一的文化大碰撞中（秦汉是中原与北方少数民族的融合碰撞，三国、两晋、南北朝则侧重于南北方的文化融合，经济文化重心也在逐渐地南移），各个民族、各个地区的文化风俗的相互吸收、相互融合。端午节的习俗也是这样碰撞融合下形成的。江浙地区最早加入端午祭祀的人是伍子胥。伍子胥在父兄被楚王所杀后投奔吴国，传说公元前484年遭陷害死后被吴王夫差装在皮革里于五月初五投入大江。祭祀伍子胥是因为他为忠义而死（今天的苏州依然有祭祀伍子胥的习俗）。而屈原投汨罗江发生在大约200年后。也有纪念曹娥及介子推等说法，总的来说，端午节起源于上古先民择“龙升天”吉日祭龙祖，注入夏季时令“祛病防疫”风尚，把端午视为“恶月恶日”起于北方中原，附会纪念屈原等历史人物纪念内容，端午风俗形成可以说是南北风俗融合的产物。回顾历史不能掉进故纸堆，“茴”字有几种写法并无所谓，更不能搞“破四旧”否定历史。

话说美国“黑人的命也是命”运动搞得轰轰烈烈，一共两百多年的历史，感觉要从源头上否定，开国元勋们的雕像要推倒，耶鲁等大学被逼着改名，大公司忙着站队表态，美白产品不再生产发售。据多家英国媒体报道，日前，澳大利亚国际象棋协会前官员亚当斯接到澳大利亚广播公司（ABC）的邀请，希望他参加一场辩论节目。辩论内容是：为什么在国际象棋的规则中总是白棋先走。亚当斯听后在推特上怒喷ABC：“ABC觉得国际象棋是种族主义，因为白棋先走，他们还找国际象棋官员询问意见，是否要修改规则。”

6月23日，伴随着最后一颗静止轨道卫星（GEO）成功上天，北斗三号全球卫星导航系统完成全球组网。自此，55颗来自中国自主研发的卫星得以覆盖全球信号源，形成一片“星座”海，北斗“收网”，历时26年完成从追赶到超越的目标。至此，我国提前半年完成北斗全球卫星导航系统星座部署。自2000年10月31日长征三号甲系列运载火箭发射我国第一颗北斗导航试验卫星起，至今长三甲系列火箭共进行了44次发射，将4颗北斗导航试验卫星、55颗北斗导航卫星成功护送升空，发射成功率100%。如今北斗已经广泛应用于生产和生活的方方面面，中国将逐渐摆脱对美国全球定位系统（GPS）的依赖。这两天一篇文章《发射成功！平均31岁玩命26年，他们让55颗北斗星耀全球！今天，向英雄致敬！》刷屏了，题目有点儿长，主要意思都在里面了，不过“平均31岁玩命26年”还是要具体分析下，玩命干活永远重要，平均31岁还是要辩证地看，并不是越年轻越好，梯队建设不可忽视。马斯克和他的公司再能干，未必弥补得了NASA的滑坡。

要说北斗系统的重要性，刚好有现成例子可证明。证监会借助北斗导航查实獐子岛造假，对公司27条采捕船只，数百余万条海上航行定位数据进行分析。委托两家第三方专业机构运用计算机技术还原了采捕船只的真实航行轨迹，复原了公司最近两年真实的采捕海域，进而确定实际采捕面积，并据此认定獐子岛公司成本、营业外支出、利润等存在虚假。好像獐子岛公司前些日子还喊冤来的，扇贝游来游去公司也没办法，这下没话说了吧，不过只处以60万元罚款。使用北斗系统数据成本不高吗？

世事纷繁多元应，纵横当有凌云笔。《年谱》载，武宗羁留南都，忠、泰、江彬等在武宗面前诽谤守仁谋反，必欲置之死地而后快。而守仁则在赣州阅士卒、教战法。江彬派人来观动静。相知者认为守仁这样做太危险，说不定又被小人抓到口实，诬以谋反，皆劝他回省城。而守仁不从，作《啾啾吟》云："知者不惑仁不忧，君胡戚戚眉双愁？信步行来皆坦道，凭天判下非人谋。用之则行舍即休，此身浩荡浮虚舟。丈夫落落掀天地，岂顾束缚如穷囚！千金之珠弹鸟雀，掘土何烦用镯镂？君不见东家老翁防虎患，虎夜入室衔其头？西家儿童不识虎，执竿驱虎如驱牛。痴人惩噎遂废食，愚者畏溺先自投。人生达命自洒落，忧谗避毁徒啾啾。"

《道德经》曰："令有所属，见素抱朴，少私寡欲，绝学无忧。"屈原一味自怜自艾，"众女嫉余之蛾眉兮，谣诼谓余以善淫""忳郁邑余侘傺兮，吾独穷困乎此时也"。境界上似乎比阳明先生差了些。

执着于理想　纯粹于当下

2020年7月7日

又逢一年一度高考。千军万马过独木桥，这个比喻不大用了，其实对于绝大多数寒门子弟来说，“高考是改变命运的唯一正道大道，四十年来始终如此”一点都不为过。已近知天命，回顾人生的沟沟坎坎，考试紧张到夜不能寐，等分数等录取度日如年，只有高考算得上，以后考研、找工作，焦虑程度远远不及高考。说起高考无所谓的，基本上都是在嘚瑟，或者是学霸遥遥领先，或者是功成不问出处。

纵观历史，不分体制机制，如何选拔使用人才，始终是决定性的大问题。关于科举制演变过程还得从秦朝说起，秦朝实行军功爵的制度，到了汉朝开始实行察举制和征辟制，魏文帝时期有了九品中正制，直到南北朝时期，科举制的萌芽才出现，然后隋朝时期，隋炀帝杨广为了选拔官员创立了科举制度。尽管隋炀帝不得善终，但科举制是一个伟大创举，如同下令修建大运河一样，虽未建功于当代，却照耀千秋后世。从唐朝唐太宗开始，将科举制进行完善，科目分为多种，可见科举制受到了重视，唐高宗时期，许多宰相都是通过科举制选拔上来的，而且还是进士出身。唐朝前期，统治者注重官员的选拔，武则天更是开创了科举制的殿试，宋朝时期，对科举制进行改革，元代则不怎么提倡科举制，到了明清时期，科举制再次进入鼎盛时期，截至1905年才被废除。当然，中间有漫长的时期，只考八股文，禁锢思想便于统治，也是造成近代落后挨打的重要原因，不赘述。

1977年8月8日，科学和教育工作座谈会结束。邓小平在总结发言中明确宣布："今年就要下决心恢复从高中毕业生中直接招考学生，不要再搞群众推荐。从高中直接招生，我看可能是早出人才、早出成果的一个好办法。"根据邓小平的意见，教育部很快报送了《关于推迟招生和新生开学时间的请示报告》，报告提出："原计划高等学校和中等专业学校八月开始招生，十一月中旬新生开学。现根据邓副主席最近的指示，我们将对高等学校招生制度作较大的改进，招生时间拟推迟到第四季度，一九七七年新生于明年二月底前入学。"8月18日，邓小平批示："这是经过考虑，为了保证重点大学学生质量而商定的。拟同意。"当天，华国锋、叶剑英、李先念、汪东兴等均圈阅同意。恢复高考取得了阶段性的重大胜利。1977年高考从11月28日开始到12月25日结束，各省、市、自治区命题，录取新生27.3万人。所以第一批大学生是春季入学的。1978年高考全国统一命题，录取新生40.2万人。这两年录取的新生中，大多数是政治立场坚定，有理想、有才华的知识青年。这批人后来都是改革开放各个领域的骨干，如今已成为社会的中坚力量，为中国社会的前进起了巨大的推动作用。

一直到2002年，高考都是在7月7、8、9日进行，2003年改成6月，至此每年的高考时间固定安排在6月7、8、9日，形象地解释为录取吧。今年推迟到7月7日开始，43年，望中犹记，漫漫高考路。凭谁问：前浪后浪，各擅胜场。一个流传已久的段子讲："高考前，是我人生智商的巅峰。那时，我上知天文下知地理，会算三角函数，能写化学方程，知道either...or和neither...nor的区别，会背孔雀东南飞，能解多元高次方程，天天感悟生活，日日阐述观点，溯源五千年历史，兼修德智体美劳。可是现在，除了会玩手机，基本废人一个！”智商止步于高考，说明考得不够好。一流大学抓学术，二流大学抓教学，三流大学抓纪律。不排除少数人可以超越环境，但多数情况下会受环境影响，本科尤其如此，我是爱南开的，尽管大学四年专业基本荒废了，但是打开了看世界的眼光。

2018年杭州师范大学110周年校庆，功成名就的马老师赞美母校，“杭州师范大学是中国最好的大学，没有之一”“让我知道自己从哪里出来，永远不会忘记自己是谁”，不忘本当然是好事，最好大学没有之一，只能听听不能当真。2020年大学预算前三甲：清华310亿，浙大216亿，北大191亿，一校抵一穷省了，谁不想上好大学？身边很多优秀的年轻人，都是学霸出身，留下深刻印象的一次，一个并不很熟悉的小年轻低调炫耀，“领导同事们都很优秀，我就比较普通，高考只考了四川第三名”。一般一般，四川第三，作为高考大省，这个水平在很多省都是第一了。感谢金融市场风云变幻，时刻芒刺在背如履薄冰，思维没有止步于领毕业证的时候。李昌镐讲“持续努力的才能”才是才能，多数人根本没有努力到需要拼到天赋的程度。

7月2日，在2020第二届阿里巴巴数学竞赛颁奖典礼上，马云称要感谢数学，没有伟大的数学家，就不会有现在的计算机和互联网。不敢想象在疫情下，没有互联网和计算机该如何生存。马云表示，数学在生活中无处不在，是所有科学和推动社会进步的基础，无用之用才是真正的价值。扒一下历史，马老师参加过三次高考，三次高考数学成绩分别是1分、19分、79分，第三次高考，马云数学终于及格了。偏科可能普遍存在，高考一个尺度也有调整改进的空间，但永远不会有终极科学合理的考核方法。事实上，就算马老师这么偏科，也可以把数学从1分提高到79分，如果没有这个努力的经历，未必有眼光投入造就阿里巴巴在算法、硬件方面的领先地位。比尔盖茨、扎克伯格为了创业都从哈佛退学了，想潇洒退学先得能考上啊。

“执着于理想，纯粹于当下”，说是北岛的名言，查了没找到出处。继续引用马老师的解读，“理想并非只是想一想，而是需要我们设身处地去做！在一个聪明人满街乱窜的年代，稀缺的恰恰不是聪明，而是一心一意，孤注一掷，一条心，一根筋”。既适用于学习，也适用于工作，两句话碎碎念，一生的《易筋经》。

哪怕：

一切都是命运
一切都是烟云
一切都是没有结局的开始
一切都是稍纵即逝的追寻
祝愿每一位考生
多年后回首往事
记忆模糊的夏日
可以说：
我已尽心竭力
没啥可后悔的

念念不忘　总有回响

2020年7月10日

前两天晚上随手打开电视，电影频道在播放王家卫的《一代宗师》，已经看过很多遍了，但还是不由自主地被吸引，又看了一遍。经得起时间的考验，所以才称得上经典，任何时候回顾，都能感到共鸣。《一代宗师》拍了十年，拍片间隔实在太长，演一线天的张震苦练八极拳，闲着也是闲着，去参加表演赛，居然拿了冠军。章子怡的宫家六十四手有模有样，梁朝伟演出了叶问一代宗师的气势，那是王家卫电影独有的气质，真打的话，俩人一块上估计也打不过张震。小沈阳客串一混混，几分钟的戏，拍了好几年，耽误挣钱呀，小沈阳当时正红，寻思着退出得了，奈何本山师傅发话了，总有些事情值得不计成本付出，终于成就了经典。也就王家卫能这样预算一超再超、时间一拖再拖拍电影，张爱玲说“成名要趁早”，王家卫1988年执导个人首部电影《旺角卡门》，就获得第8届香港电影金像奖最佳导演奖提名，两年后，执导《阿飞正传》获得第10届香港电影金像奖最佳导演奖、第28届台湾电影金马奖最佳导演奖。2000年执导的《花样年华》，获奖无数，在百年华语电影排行榜上也名列前茅。创作不受束缚，李安也得羡慕。比王家卫大四岁的李安，学习电影制作父亲反对，1990年才指导个人首部电影

《推手》，虽然获得了金马奖，但去好莱坞发展并不顺利，好几年赋闲在家，做饭做各种家务，家庭主妇很辛苦，当个妇男更不易，初心不改明心见性，终于成就大师之大。

台湾的李安和香港的王家卫是华语电影的两座高峰，香港还有周星驰。中国大陆有《霸王别姬》，虽然是香港汤臣出品，毕竟是陈凯歌导演，是什么样的机缘巧合风云际会，1993年横空出世这样一部至今无法超越的惊世之作。很难想象，导演《霸王别姬》的，和导演《无极》《道士下山》的是同一个人。《霸王别姬》的成就地位，就好比《春江花月夜》孤篇盖全唐，是华语电影的最高峰。演完了程蝶衣，张国荣再也没走出来，10年后从文华东方纵身跃下，成就伟大艺术真的需要献祭吗？

不要说电影、绘画这样形象的艺术，就是码字写文章，文如其人，也有道理。近来重读鲁迅，深感先生忧愤深广，格局关乎天赋性情，思虑精严文气郁结。郁结的文气跟几千字篇幅最相称，文字再怎么腾挪翻转仍是气度沉凝。马笑泉说，思辨力是杂文最需要的品质，而先生在这方面足可傲视古今。深广的忧愤则能使文章获得一种悲天悯人的大境界，在格局上就已胜出。杂文注定要在他手中发出狮吼和强光。一种广为流传的说法是：环境的逼迫使鲁迅放下了小说而拿起了杂文。此种说法貌似合理实则欺人。自由意志强大如鲁迅者会在生命中最重要的事情上受外物所左右吗？事实上在同等的环境下或者更糟的条件下写出优秀小说的人比比皆是。沈从文、巴金、老舍、茅盾均是在同一时段写出了传世之作。就连鲁迅本人，在杂文写作鼎盛之际也拿出了《故事新编》，而且还有写长篇的打算。关于长篇为什么没写成，很多解释都是隔靴搔痒，隐藏有为尊者讳的意思。说到底还是鲁迅文气郁积，撑不开漫长的篇幅。假若鲁迅文气浩大有把握收拾数十万字，以他的性情，一定会不顾一切，凭着“怨鬼之执着”的精神将它写出来。先生懂得因材自造，所以从自发到自觉，把后半生的精力投入到杂文写作，使杂文体获得前所未有的光辉，成为文学史上的一件盛事。在杂文方面，鲁迅开创和主宰了一个时代，他于杂文的地位类似韩愈之于古文运动，在创新方面则尤胜于韩。就像唐诗、宋词、元曲、明清小说具有里程碑意义一样，民国杂文无疑也是文学史上的一座丰碑。那个镌刻在碑首的名字只能是鲁迅。不是依靠小说，而是通过杂文，鲁迅最终确立了“一言而为天下法，匹夫而为百世师”的大宗匠地位。

鲁迅先生之后，只于杂文而论，再无可比肩者。李敖在《独白下的传统》扉页题词：“五十年来和五百年内，中国人写白话文的前三名是李敖。李敖，嘴巴上骂我吹牛的人，心里都为我供了牌位。这话很多人不同意，但谁都会惊叹于这种表达方式和说这话的勇气。”这确实只是一种表达方式，是不是勇气见仁见智，李敖文章的水平，五十年来能排进前五十,五百年内能排进前五百，就算不错的评价了。

2015年出版了一套《中国当代杂文精品大系（1949—2013）》。

从某种意义上说，以1976年打倒“四人帮”为标志，伴随着真理标准大讨论，新时期文学开启了狂飙突进的新时代。在文学大军浩荡前行的队伍里，杂文与小说、诗歌、戏剧一道，成为引领思想解放的光荣一翼。由鲁迅先生开启的“社会批评”“文明批评”的杂文传统，在这一刻焕发出特有的生机和力量，启发激励民众，推动社会变革。如果说新时期以思想解放为发端，那么完全可以说，新时期文学的苏醒、奋起、繁荣，既有以“天安门诗抄”为代表的诗歌的功绩，又有以《伤痕》《班主任》为代表的“伤痕文学”的贡献，同时也有以《鬣狗的风格》《江东子弟今犹在》《东方红这首歌》《切不可巴望好皇帝》《华表的沧桑》《语录考》《万岁考》等为代表的一大批优秀杂文作品的贡献。思想解放运动作为新时期的发动机，是杂文复兴最重要的思想基础和推动力量；新时期杂文的繁荣是思想解放运动的必然结果和逻辑延伸。作为思想解放的先驱、历史进步的先声，新时期杂文以其宏大的创作群体、优异的创作实绩、广泛的社会影响，彪炳文学史，笑对时代潮，成为杂文家足堪自豪的美好记忆。

以上引用自金城出版社的宣传，《精品大系》精选数十位名家，但是没有王小波，精彩程度恐有限。

在几乎不可能的情况下，王小波开拓出了杂文写作中的新天地。杂文容易剑拔弩张，而到了王小波手里，居然呈现出优雅俏皮感，像《一只特立独行的猪》。经历了那个荒谬时代，终于能呼吸新鲜空气，令王小波几乎毁灭而又得以新生。他比任何人都懂得愚昧和无趣的可怕，也比任何人更加珍惜智慧和有趣。他的每一篇文章其实都在诉说这两个命题。他是那样担心我们再度陷入苦难境地，再重复他早年的痛苦记忆，这种担心是如此真诚、饱含忧患、令人感动，他的文章也因此超越了雅皮士的调侃，而升华到悲天悯人的境界。

不困惑于眼前，拉长了时间看。

念念不忘，总有回响。

正确地做事　做正确的事

2020年7月18日

做任何事情都可以用两句话概括，看似天衣无缝颠扑不破的真理，所谓正确的废话：正确地做事，做正确的事。那么问题来了：怎么才算正确？这就需要实践检验，俗话说是骡子是马拉出来遛遛，并且遛得时间要长一点。

7月1日至18日，A股经历了15个交易日。经历了9个交易日上涨之后，最近几个交易日，市场突然杀跌。7月16日，市场杀跌尤甚，三大股指均创逾5个月最大单日跌幅；沪指跌4.5%，退守3 200点，创业板指大跌近6%，约有221只股票跌停，长线大牛股贵州茅台狂跌7.9%。一篇写牛市是散户赔钱的主要原因的报告刷屏了。题目很吸引眼球，但这都哪跟哪啊。不论牛市熊市，不分散户机构，赔钱的原因只有一个：买的价格高，卖的价格低。只不过熊市可能只是用自有闲钱有一搭没一搭操作，而牛市不仅满仓，可能还借了钱加杠杆，不管是跟亲朋好友借，还是抵押房子去贷款，或是参与了高利率的配资。结果买的股票从20元启动，40元、50元时杀进去，高位到了60元、70元，盼望着成为百元股，结果又跌回30元。当然是牛市普涨赚钱机会大，熊市普跌慧眼识金实在不容易。

关于快牛还是慢牛、健康牛还是疯牛的讨论还没有进入高潮，感觉就要偃旗息鼓了。投资股市如果不看分红，只盼着价格上涨赚一把，很难有什么持续健康牛，而且越涨越不舍得卖，追涨杀跌会反复上演。商业银行不能直接投资股市，但是股债跷跷板效应影响债市，大起大落都很糟糕且冲击实体经济。美联储降息到零区间，三四月份流动性淤积，猛投资怕利率继续往下，五月以来发行放量，十年期国债破了三，又担心利率再往上，不为所动谈何容易。小资金交易盘可以看趋势赌方向加杠杆，大机构大资金投资盘必须保持自己的节奏。预测未来并不容易，压力却是反向指标，过程必然不会愉快，不能科学评价结果，如之奈何图个啥呢。

太阳照样升起，明天谁说得清。还发了个声明，资产逾3万亿，积极自救云云。咋不说说负债呢？净资产还剩多少？段子讲得好：家里钱一辈子花不完，欠的钱几辈子还不完。从业以来见过的大佬机构，凡是牛哄哄声称不差钱的，过了几天连利息都还不上了。自2015年银行间市场首例TW违约以来，所有风云一时的名字全都避开，无一踩雷，靠的不仅仅是分析判断，更多的是不忘初心，君子不立危墙之下，终日乾乾，夕惕若厉。

人之贤不肖　在所自处耳

2020年7月19日

《李斯列传》记载，“李斯者，楚上蔡人也。年少时，为郡小吏，见吏舍厕中鼠食不絜，近人犬，数惊恐之。斯入仓，观仓中鼠，食积粟，居大庑之下，不见人犬之忧。于是李斯乃叹曰：‘人之贤不肖譬如鼠矣，在所自处耳！’”李斯的这一声叹息，翻译过来就是“人的好坏其实就像老鼠，仅在于处境地位不同罢了”。后来曾有人戏称这个理论为“李斯鼠论”，李斯由此悟道，于是下决心追求过上“仓中鼠，食积粟，居大庑之下”的高等生活。为了达到飞黄腾达的目的，李斯辞去粮食管理员，到齐国拜大家荀子为师，求学上进。荀子虽然是著名的儒学大师，但他的思想很接近法家思想，也就是研究如何治理国家的学问，即所谓的帝王之术。李斯学成之后，不远千里到秦国求职，此后扶摇直上官至宰相，甚至和始皇帝结为亲家，过程中还搞死了后来投秦学问更高的同门韩非子。可惜其品格志向终究“譬如鼠矣”，见利忘义，觉得扶苏正直跟着混没啥油水，倒向胡亥、赵高以求分利，最终被构陷谋反具五刑腰斩于市。

援古证今，两千年来，李斯鼠论反复上演，而对硕鼠的艳羡，对权力、金钱的膜拜盲从，乃至不自觉地讴歌大行其道。1997年在中央电视台实习，在军博的会议室里，现场听当时的首富牟其中讲解宏伟的“炸开喜马拉雅计划”：1987年的时候有三位科学家首次公开提出了这个想法的雏形，牟其中知道以后，如获至宝，他将这个想法进行了完善，提出将喜马拉雅山炸开50公里的缺口，将这个缺口的海拔降低2 000米，这样印度洋温暖湿润的气流就能进入青藏高原，青藏高原乃至整个西北地区干旱的气候就能得到翻天覆地的变化，大西北变成“塞上江南”指日可待。那将是长城之后的又一大奇迹，造福于民怎么也得媲美都江堰吧。牟老板气场十足，年轻学生没见过大世面，激动的心情久久不能平复，崇拜啊！栏目讨论的时候不免溢于言表，制片人冷冷地泼冷水：“牛皮吹上天，这个不能拍。”1998年《不见不散》上演，葛优演绎冯小刚植入的段子，讲解“炸开喜马拉雅”，只有搞笑效果，看着就不可信，气场差远了。两年后牟老板因诈骗进去了。

再往前数，1994年，无锡新兴实业公司案发，共涉案32亿元人民币，被称为新中国成立后的非法集资第一案。新兴公司位于无锡，公司总经理、案件主犯邓斌，是一名工人出身的老太太。谁也想不到，这个老太太在公司开业仅3年后，就把江苏、北京的多名高官拉下马。新兴公司成立时邓斌已有50多岁。公开信息显示，此前她曾是无锡市无线电变压器厂的一名工人。在厂里，邓斌对外宣称自己的丈夫是海员，可以买到当时紧俏的各种货物。在此利益的诱惑下，工友纷纷拿出钱来，委托邓斌购买商品。结果邓斌拿到钱后买不到货，就到市面上高价买些货物应对，然后向更多人集资来填补窟窿，结果被工厂开除。1985年，邓斌来到深圳，先后结识了无锡、深圳、北京一些公司的领导，并被聘为多个公司的经理、主任等职。1989年8月23日，邓斌以金城湾工贸公司的名义，与深圳四维电脑设备有限公司签订联营协议。协议规定，四维公司出资

152万元，交予邓斌经营2000台空调压缩机生意，期限为27天，到期返还本利161万元，折合年利率78.96%。这是邓斌非法集资的第一笔业务。从此之后，邓斌到处宣称生产出口一次性注射器、医用手套、丝素膏等产品盈利很大，只要有资金找上门来，邓斌就依葫芦画瓢，与人签订联营协议，每笔资金规定的年利率都在60%以上。1991年8月8日，无锡新兴工贸联合公司正式开业。邓斌大摆宴席，给每位嘉宾288元红包，一时轰动无锡。此时邓斌已经集资达3.86亿元，造成亏欠数千万元。为了填补资金漏洞，邓斌很快把关系网从无锡铺到北京。因为承诺利息高，要想参与集资先得送礼，抢着送钱的挤破了门槛。在发迹之前，作为一个生活窘迫的中老年妇女，邓斌在菜市场买菜和摊贩们为了几毛钱讨价还价，发迹之后，价值几万几十万的礼品堆满豪宅，老太太都没拆开过。不由得陷入深深的思索，人还是那个人，话都说不利索，人又不是那个人，小市民时无人理睬，坐拥亿万后不管说啥都掌声雷动应者云集。

伯纳德·麦道夫是华尔街的传奇人物，曾任纳斯达克股票市场公司董事会主席。多年来，他一直是华尔街最炙手可热的“投资专家”之一。他以高额资金回报为诱饵，吸引大量投资者不断注资，以新获得的收入偿付之前的投资利息，形成资金流。这个骗局维持多年，直到2008年次贷危机爆发，他面临高达70亿美元资金赎回压力，无法再撑下去，才向两个儿子（也是其公司高管），坦白其实自己“一无所有”，一切“只是一个巨大的谎言”。麦道夫的儿子们当晚便告发了老爸，一场可能是美国历史上金额最大的欺诈案这才暴露在世人眼前。麦道夫好歹有专业背景啊，对比邓斌老太太，骗得金额更大、时间更长理所当然。

“明天系”被托管，媒体不乏揭秘。据多家媒体报道，肖建华及其“明天系”旗下金融机构资产规模高达3万亿，国内这些年来的任何一位首富都难以望其项背。而据福布斯报道，最新世界首富贝索斯个人净资产达1388亿美元（约8888亿元人民币），尚不足“明天系”总资产的1/3。拿公司总资产和个人净资产比较，不知道想暗示什么。“明天系旗下还有数千家空壳公司，很多公司连‘明天系’内部高管都记不清楚”，这是要做正当生意还是铆劲钻空子呢？北大法律系高才生，却不想着遵纪守法。“明天系”内部人士向报社透露，老板自身的简朴与对商务公关活动的重视形成鲜明对比。“肖老板自己吃穿用都很简朴，平时喜欢穿着普通的白边黑帮功夫鞋，经常小饭馆两个菜就对付一餐；老板夫妇平时用得最多的奢侈品也就是一辆开了多年的宝马。”而员工入职先要经过商务礼仪培训，商务用车的规格、用餐地点都很讲究，送礼出手很阔绰。公司内部流传着这样的故事，为了开展生意，老板曾经送给别人一架私人飞机，但他自己都没有私人飞机。据内部人士透露，“明天系”的公关团队，分为对政府机关和对媒体两类。无论是对政府机关还是对媒体，“明天系”都是按照不同的机构分配到专人负责。什么财技高超，长袖善舞，无非践行“关系就是生产力”，光说资产，怎么不说说负债？净负债有多少？投资交易本质上是零和游戏（没有增量资金加入规模不增长的话），如果扣除各种成本，说不定还是产出为负的博弈。贾布斯（贾跃亭）好歹还创造了个“生态”的概念，弄几页PPT描述下创新前景，其实能把火箭发射上天当然了不起，弄个苹果、特斯拉大卖也很好，哪怕就是踏踏实实养猪，网购便利送货及时挣钱都可以，怕的就是云山雾罩，空手套白狼吹成乾坤大挪移，斗转星移，最后却成了慕容复。

“肖总对于中国经济形势的走向判断非常精准，李嘉诚有次和肖总会面时提出希望看看肖建华曾经写过的中国经济形势的分析、五步工作法等。”肖建华身边人向《第一财经日报》记者声称。只能呵呵了。第一桶金有问题很普遍，看看李嘉诚、包玉刚等人的发家史就知道，但有了N桶金之后还不想着转型走正道，执着于钻空子渔利，早晚是“眼看他起朱楼，眼看他宴宾客，眼看他楼塌了”。

一个月生活费没有人家一顿饭钱一晚房费多，就不能评了吗？恐怕不是！人之贤不肖，不仅仅在于所处的环境位置，更在于内心是否坚定，是否始终有一杆秤。

世上莫若修行好　人间哪有做饭难

2020年7月25日

好饭不怕晚，良约不怕迟，终于能够赴龙教授之约。大暑节气早上醒来一开机，看到教授凌晨四点半发来的电子邀请函，既佩服教授精力充沛，更佩服教授与时俱进学习能力强，比我辈年长十几岁，好学不倦自己动手制作电子邀请函，这些技术活我们这些中年油腻男都已经是交给年轻人做了。所以说心理年龄才是鉴定人衰老与否的标志，诚哉斯言。

和老友一起准时赴约。一年多没见，教授风采依旧，室雅何须大，况且坐享美食。教授在创意菜的基础上，又加入诗意的演绎，厨艺日进精益求精，随宜饮食不在五行中，谈笑有鸿儒往来无白丁，这是怎样潇洒自在的生活！

一看准备的菜单，我俩直呼吃不消，本人一向胃口小，老友要控制饮食，于是乎删繁就简，拣精致量小的来。教授向内求观自在，已到了从心所欲不逾矩的境界，主随客便、成人之美至美美与共。三人吃吃喝喝聊聊，世事纷扰四方之事，不过一碗人间烟火。

人间烟火气，最抚凡人心。爱做饭的人，往往都豁达。活着与生活的不同，取决于个人的注解。人生苦短，有人活成一道光，有人活成一道菜。贝爷录制荒野求生，是在险境中谋生存，普通人一般遇不到，最好永远都别遇到。在平凡琐碎的日常，注入创意、心血和情感，多少会生发不寻常。东坡肘子东坡肉，和苏轼的诗词书画一样，其实也是东坡的人生注解。没多少人能那么完美地将做饭与才情结合在一起，他是最出名的人之一。对于苏轼来说，与其说是豁达成就了一个美食家，不如说正是因为他是一个热爱美食的人，才成就了豁达的苏东坡。是那个爱吃的居士，把生活的苦煮成诗。

雪沫乳花浮午盏，蓼茸蒿笋试春盘。人间有味是清欢。《无极》里饰演昆仑奴的张东健跟将军咋说的？“跟着你有肉吃”。陈凯歌曾经说过，“我的作品（《无极》）你们要5年之后才能看懂”，15年过去了，还是没有搞懂。教授抒发胸臆的对联给我留下深刻印象：看今朝龙爷只是传说，俱往矣神马皆为浮云，横批天高云淡。不过贴在卫生间里，就不上图了吧。

唐伯虎的《桃花庵歌》，其实也是这个意思。

> 酒醒只在花前坐，酒醉还来花下眠；半醒半醉日复日，花落花开年复年。
>
> 但愿老死花酒间，不愿鞠躬车马前；车尘马足富者趣，酒盏花枝贫者缘。
>
> 若将富贵比贫贱，一在平地一在天；若将贫贱比车马，他得驱驰我得闲。
>
> 别人笑我太疯癫，我笑他人看不穿；不见五陵豪杰墓，无花无酒锄作田。

是为记。

形而上谓之道　形而下谓之器

2020年7月28日

《易经·系辞》中讲:“形而上谓之道，形而下谓之器。”通俗地说：形是指事物的形体；道是指主导形体运动的因素，如《周易》的阴阳变化之理；器是指表现形的物质状态，如六十四卦等。从道家的角度来理解，道无形无质，在“形”之前，是形之先、形之外、形之上。而“形”之生，就是有“形”“生”“质”，就是“器”。“当然，现在使用“形而上”“形而下”这两个词，是更通俗更普遍意义上的意思：形而上，是对具体的客体的抽象和超越。形而下，是具体的，可以捉摸到的东西或器物。

《形而上学》也是亚里士多德的一部著作，亚里士多德死后200年，安德罗尼柯将他关于论述事物本质、灵魂、意志自由等研究经验的著作编集成书，但却不知道用什么书名好，因为这些著作编在亚里士多德《物理学》一书之后，于是就干脆叫《物理学之后》（*Metaphysics*）。日本明治时期的哲学家川上哲次郎翻译这本书时，贯通中西，借用《周易》里的“形而上”一词，将其翻译为“形而上学”，妙在“物理学之后”与“形而上”有一定的相通性，于是“形而上学”一词广为传播。

掉书袋是先来点儿阳春白雪，其实还是下里巴人来得痛快。最近谈论宏观经济、金融市场、策略选择，总是想起本山大叔在《一代宗师》里的经典台词：“有多大屁股穿多大裤衩！”大俗大雅，明白这个道理，是形而上，灵活运用自如，是形而下，现在的问题是，经常连形都搞不清楚。不是过就是不及，更别提抓住要点。

对比诸如“念念不忘，必有回响”这样标准的王家卫风格，本山大叔的这句对白似乎更像是友情赞助本色出演。实际上本山大叔亲自解释过：“我以为演的是章子怡（宫二小姐）她爹，这场是跟梁朝伟（叶问）的戏。他要看宫家六十四手，我呢，觉得年轻人别不知道深浅。有多大屁股就穿多大裤衩。用熬羹的道理讲就是，你未到火候。”本山大叔说这段词并非是王家卫给的，而是他自己想出来的。因为他觉得和张艺谋、陈凯歌这些合作过的导演相比，跟王家卫拍戏是个累活。“你不知道你演的是谁，他也不和你交流，就直接让你演。这个戏比较特殊。你的台词要符合那个年代，又必须有我的特色——我演的是个东北人，但又不是东北人赵本山，绝对不能像我以前演的农村电视剧、小品。”拍戏的时候，王家卫每次都是给一张纸，上面就几行字，“走过去”“看一眼”之类简单的动作提示。“王家卫写的台词怎么接，应该表达什么情绪，我都不知道。但他有点好，直接和我说，你怎么舒服就怎么来，我写不出你的节奏。那我就说了这句给他听，他说这个好。王家卫就是一条一条地没完没了地拍。比如我有一场戏，熬了一锅汤，然后尝一口。在电影里也就是几秒的事，但他让我尝了一遍又一遍，足足有百八十遍，拍到八十多遍的时候，我都不知道自己叫啥了。而且，那锅里是啥玩意、能不能吃我也不知道，每次都喝一小勺，但我看那锅很脏。他就是在那折腾你。”王家卫只管形而上，知道最终想要的是什么，本山大叔、张震、梁朝伟、章子怡负责形而下，发挥潜能殚精竭虑实现它。

另一部老电影《方世玉续集》里，元奎演的李国邦至今难忘，整天把“安全第一”作为口头禅，最后却挺身而出血战到底，护着方世玉母子二人安全离去。事实上整天唱高调的大多是放空炮，要么是真不懂傻大胆，要么是装不懂能甩锅，有权力岂可不任性！比如今天的热点新闻，某厅长出版《平安经》，既有官方微信公众号推荐，又有专家学者热评，还有专门的研讨会，要不是多个权威官媒都发表了评论，真以为是假新闻。指鹿为马，皇帝的新装，盗铃何须掩耳。本山大叔咋说的？“在一个习惯了假话的环境中，有时说真话就像在说笑话。”

做事不惹事　遇事不怕事

2020年8月1日

93年前，1927年8月7日，中共中央在汉口召开紧急会议。会议是在蒋介石、汪精卫先后叛变革命，大批共产党员和革命群众惨遭屠杀，中国革命处于严重危机的紧要关头召开的。会议坚决纠正了以陈独秀为代表的右倾投降主义错误，确定实行土地革命和武装反抗国民党反动派的总方针，会上毛泽东第一次明确提出了“枪杆子里面出政权”的著名论断。中国革命从此开始由大革命失败到土地革命战争兴起的历史性转变。

22年后，新中国成立。仅隔一年，1950年6月25日，朝鲜战争爆发。7月7日，联合国安理会通过第84号决议，派遣“联合国军”支援韩国抵御朝鲜的进攻。8月中旬，朝鲜人民军将韩军驱至釜山一隅，攻占了韩国90%的土地。9月15日，以美军为主的联合国军在仁川登陆，开始大规模反攻。10月25日，中国人民志愿军应朝鲜请求赴朝，与朝鲜人民军并肩作战，经过历次战役最终将战线稳定在“三八线”一带。1951年7月10日，中国和朝鲜方面与“联合国军”的美国代表开始停战谈判，经过多次谈判后，终于在1953年7月27日签署《朝鲜停战协定》。志愿军以血肉之躯挡住美军的飞机、坦克、大炮，一战奠定超过半世纪的和平基础，也是后来改革开放的基础和前提。

7月31日，北斗三号全球卫星导航系统正式开通。“河汉纵且横，北斗横复直”，从此山高水远有行迹，从此海阔天空知何处。二十多年潜心钻研，矢志不移；一代代人背负使命，创新不止，向每位北斗布星人致敬。为什么北斗三号卫星导航系统这么重要？从此中国真正有了自己的导航系统，不再依赖于美国全球定位系统（Global Positioning System，GPS）。一旦发生军事冲突，尤其是海上军事冲突，能够确保包括指挥系统在内的军事系统不受影响。在未来很长一段时间，我们国家如果和某些国家有军事冲突，最大的冲突可能在海上，而海上通信，只有卫星通信能够完成。因此，北斗三号就相当重要。有了北斗，我们国家的网络不再会因为某国断网而瘫痪。经济方面的利益就不用说了。

十几年前茅于轼老先生发文章反对“保护耕地”，认为“1959–1961年饥荒的原因之一就是不肯利用世界市场。又有人说万一人家粮食禁运怎么办。老实说，如果全世界对中国禁运粮食，一定是我们自己做了犯天下大忌的事。即使有粮食吃，中国人民的日子也好不了了”。这种认识水平（也许是故意的），真不知道如何评价。不用说粮食、石油这些最基本的战略物资，华为5G技术先进，老美以安全为借口抵制，好歹属于高科技抢占制高点还可以理解。为什么连抖音这么个人畜无害的音乐短视频软件也会被疯狂打压？不就是年轻人搞些有趣的生活小视频自娱娱人吗？中年无趣油腻男其实都很少看。连已过50岁的方兴东都忍不住发文了，“细观察TikTok事件，虽然高举安全之大旗，其实美国政府和美国各界，没有人对所谓‘安全问题’真正感兴趣。这就是对中国互联网乃至高科技产业有史以来最成功的创业新星，展开的一场强取豪夺的超级围猎。上至美国总统，下至硅谷科技企业，还有华尔街，大家高度默契，紧密协同，共同分食一场价值数千亿级美元的‘掠夺盛宴’。手法之简单粗暴，手段之无所顾忌，目的之贪婪直接，堪称举世奇观，令世人叹为观止，垒砌一座人类商业史无耻之巅峰”。

所以要是守不住这一亩三分地，无论怎么辛苦种地，收成未必属于自己。韩非子早就指出，“上古竞于道德，中世逐于智谋，当今争于气力”。《司马法》曰：“国虽大，好战必亡；天下虽安，忘战必危。”《孙子兵法》讲，“知可以战与不可以战者，胜。夫未战而庙算胜者，得算多也；未战而庙算不胜者，得算少也。多算胜，少算不胜，而况于无算乎”！《易经》曰：“存不忘亡，是以身安而国家可保也。”兵者百岁不一用，然不可一日忘也。

四时俱可喜　最好新秋时

2020年8月22日

处暑过，暑气止。陆游在《闲适》组诗里写道："四时俱可喜，最好新秋时"。已近知天命，"读书以自娱，不强所不知"，此之谓闲适。

要说陆游一生，确实称得上"亘古男儿一放翁，诗书清白赋家风"，他出身名门望族，十二岁即能为诗作文，二十八岁参加锁厅考试（现任官员及恩荫子弟的进士考试），主考官陈子茂阅卷后取为第一，因秦桧的孙子秦埙位居陆游名下，秦桧大怒，欲降罪主考。次年（1154年），陆游参加礼部考试，秦桧指示主考官不得录取陆游，从此仕途不畅。

陆游一生笔耕不辍，诗词散文都有很高成就，尤以诗的成就为最，自言"六十年间万首诗"，存世有九千三百余首，不算乾隆的话，数量排名第一。大致可以分为三个时期：46岁入蜀以前，偏于文字形式；入蜀到64岁罢官东归，是其诗歌创作的成熟期，也是诗风大变的时期，由早年专以"藻绘"为工变为追求宏肆奔放的风格，充满战斗气息及爱国激情；晚年蛰居故乡山阴后，诗风趋向质朴而沉实，表现出一种清旷淡远的田园风味，并不时流露着苍凉的人生感慨。

陆游活了85岁，中年以后创作精进，诗词文章关乎际遇性情，所谓诗人不幸，诗之大幸，确实是这样。与表妹唐婉的爱情被棒打鸳鸯，感叹“山盟虽在，锦书难托。莫，莫，莫！”熬死秦桧之后，所遇张浚、韩侂胄虽有志却才疏，终未建功。1203年5月，陆游回到山阴，浙东安抚使兼绍兴知府辛弃疾拜访陆游，二人促膝长谈，共论国事。辛弃疾见陆游住宅简陋，多次提出帮他构筑田舍，都被陆游拒绝。俩人唱和，成就南宋诗词的并列高峰，应该有知音赏的意思吧。六年后临终之际，陆游留下绝笔《示儿》作为遗嘱：“死去元知万事空，但悲不见九州同。王师北定中原日，家祭无忘告乃翁。”年轻十几岁却早走了两年的辛弃疾，到底更加意气激烈，不能闲适，气大伤身。

陆游初入仕途遇到秦桧，好歹没有丢了性命。要说秦桧，那也是个读书人，早年还做过私塾的先生，靠微薄的学费度日，他对自己的生活处境很不满意，曾作诗说“若得水田三百亩，这番不做猢狲王。”1115年，秦桧进士及第，补为密州（今山东潍坊诸城）教授。接着又考中词学兼茂科，任太学学正。此后几乎靠一己之力改变了南宋命运，哪怕“人到坟前愧姓秦”，只要生前利，不顾身后名。

“德才兼备，以德为先”，无德无才是废品，对于大机构来说，养几个闲人问题还不大，但有才无德是危险品，一粒老鼠屎会坏一锅粥，搅和得大家都没有饭吃。自己的田不好好种、种不好，还要泼脏水毁了别人的田。放任恶行的结果多半是每个人都可能付出代价。

时任平卢讨击使、左骁卫将军的安禄山征讨契丹叛乱，因鲁莽轻敌，结果损兵折将大败而归。按唐律，安禄山“失律丧师”罪在不赦。范阳节度使张守珪惜其骁勇，派人押送安禄山至京师，请求唐玄宗定夺。当安禄山被押送至朝廷时，目光如炬的张九龄看出安禄山脑后有反骨，认为“不杀必有后患”，强烈建议唐玄宗“不宜免死”。为了杀安禄山不惜犯颜直谏，可惜玄宗皇帝认为安禄山爪牙可用，非但不听张九龄劝谏，反而批评张九龄无容人雅量。张九龄一片赤诚被玄宗当作了妒贤害能，只好闭嘴。最终，安禄山得以逃过一劫。实际上安禄山一贯媚上欺下，视力模糊终至失明。300多斤的大胖子，不惜跳胡舞谄媚取悦玄宗贵妃，对下既骄纵又残暴，终于死于谋臣严庄阉人李猪儿。唐玄宗狼狈跑路，回想起来张九龄的话，肠子也悔青了，“为泣下”。特意派人前往韶州拜祭张九龄。

回头下望人寰处，不见长安见尘雾。
春风桃李花开日，秋雨梧桐叶落时。

不外如是。

有教无类　达者为先——教师节随想

2020年9月10日

9月10日，第36个教师节。一支粉笔，两袖微尘；三尺讲台，四季耕耘。微博微信上对老师的祝福铺天盖地，微博关注的人里有位认证为人大法学博导的储教授讲：“今天是教师节，我的各个教师群、学者群，一片节日气氛，各种祝福、各种鲜花、鼓掌，共同的特点是一个红包都没有。这不就是苦哈哈自嗨瞎起哄嘛！”哈哈哈，充满了节日欢乐的气氛，精神娱乐下也是乐呵啊。

唐朝韩愈在《师说》里面讲：“师者，所以传道受业解惑也。人非生而知之者，孰能无惑？惑而不从师，其为惑也，终不解矣。生乎吾前，其闻道也固先乎吾，吾从而师之；生乎吾后，其闻道也亦先乎吾，吾从而师之。吾师道也，夫庸知其年之先后生于吾乎？是故无贵无贱，无长无少，道之所存，师之所存也。”“道之所存，师之所存”，讲透了师之本质，但那也得学生有求道的愿望。说起来尊师重教是优良传统，但孔老夫子感慨啥？“吾未见好德如好色者也！”

儒家正统又讲“天地君亲师”，始发于《国语》，形成于《荀子》，中国历史上有两个朝代对此极为尊奉，一个是汉朝，另一个是明朝。都是汉家正统，也是思想禁锢严厉的朝代。天地不用说了，潇洒如老子，《道德经》中讲："天地不仁，以万物为刍狗。"通俗地说：天地看待万物是一样的，不对谁特别好，也不对谁特别坏，一切顺其自然发展。换句话说，不管万物变成什么样子，那是万物自己的行为（包括运气），与天地无关；天地顺其自然，一切犹如随风入夜，润物无声。那么君呢？君臣父子，等级森严，即使是21世纪20年代了，也并非问是非对错合理与否，而是大大小小的官僚一级级排下来，谁帽子大就听谁的。前些日子某银行芝麻大个小行长，让新学生喝酒被拒绝就打人耳光，是一时兴起酒后失态？不会吧，大概率是文化使然习惯了，盘古七星一向如此。所谓灯下黑，没有阳光照进来，并不觉得有多黑。君之后就是亲，血缘关系也好，利益关系也罢，总之从属关系之外，就是亲疏远近团伙，君亲之后才轮到师。说好的"朝闻道夕死可矣"呢？李宗盛大哥无奈喟叹："道义放两旁，利字摆中间。"同样的歌，田馥甄就唱不出词的意境（也好听），作为观众真是挺纳闷，林俊杰那么好一小伙，就是心想事不成。

孔孟之道，孔孟当时并没有享受到，待遇大都是后世加持的。不谈神话，只谈传说，大约鬼谷子是第一位影响后世的大宗师。据说鬼谷子是卫国人，姓王名诩，隐身于周阳城一个叫"鬼谷"的山谷中，自号鬼谷子，是春秋战国时期道家代表人物、纵横家的鼻祖，传说鬼谷子学问通天彻地，教出了众多弟子，其中孙膑、庞涓、苏秦、张仪四人闻名于世，被称为鬼谷子的四大弟子。庞涓先出道助魏国称霸，孙膑围魏救赵射死庞涓，张仪连横亲秦破掉苏秦合纵抗秦。但第一位真正意义上的帝王师是商鞅，两次变法奠定了秦灭六国大一统的基础。秦始皇焚书坑儒，汉武帝独尊儒术，隋文帝推科举制，那都是教育百姓的，帝王之道始终不离《商君书》。

明朝宦官家奴当道，清代入关以来尤甚。入关前能放下身段，比如说劝降洪承畴，皇太极派出范文程等一干大臣轮番劝降洪承畴，但洪始终不为所动。直到孝庄看到皇太极为此事苦恼，就说让自己试试，到牢房“以壶承其唇”一口一口地喂洪承畴汤药，直到洪承畴伤病痊愈，这期间孝庄对洪承畴晓之以理动之以情，再配合自己的实际行动，终于打动了洪承畴令其降清。先予后取，入关以后，无论官职多高，都得自称奴才。康乾盛世而衰，英美列强环伺，八股误国误民。

教师节还是谈教育。所谓名师出高徒，都是互相成就的。伟大如梅西，11岁时被诊断出生长激素分泌不足，会阻碍他的骨骼生长使他无法长高。母队纽维尔老伙计不愿意为一个前途未卜的孩子支付这笔费用，一度觊觎梅西的河床队得知他的顽疾后也打消了挖脚念头。2000年年仅13岁身高只有140cm的梅西去了巴塞罗那青训营拉玛西亚试训。在试训期间，梅西的表现征服了巴萨青年队教练，巴萨与梅西签订了一份2012年才会到期的工作合同。巴塞罗那俱乐部在帮助梅西成长方面作出了巨大的努力，取得伟大的成绩，是梅西和俱乐部的共同努力。郭靖那么笨，江南七怪都嫌弃，侠之大者为国为民，既是际遇也是执著。郭大侠自己教的徒弟却又一个比一个笨。其实说不好偶然还是必然，好老师也会教出坏学生，好学生也会遇到坏老师，好学校升学率高，很大程度上是通过考试把成绩好的学生集中到了一起。无论如何，职业不应分高低，但教师是“人类灵魂的工程师”，医生是救死扶伤的“白衣天使”，确实应该得到更多的重视、尊重和更好的待遇。

昨天在回北京的飞机上看了遍《老师好》，倒是应景。牛仔裤，霹雳舞，二八自行车，属于20世纪80年代的一把火，于谦很好地演绎了属于那个年代的优秀老师。只是那个品学兼优的小姑娘安静，安排的意外令人唏嘘。学习不是一时一事，有教无类达者为先。引用下电影里煽情的话：“人生就是一次次幸福的相聚，夹杂着一次次伤感的别离。我不是在最好的时光遇见了你们，而是遇见了你们，我才有了这段最好的时光。”写给这几年和我并肩奋斗、变不可能为可能的同事们。

但愿人长久　华好月更圆

2020年10月1日

“海上生明月，天涯共此时。”歌颂中秋的佳作名句很多，初唐诗人张若虚一首《春江花月夜》号称“孤篇盖全唐”，通篇佳句，意境高远：“春江潮水连海平，海上明月共潮生。滟滟随波千万里，何处春江无月明！……江天一色无纤尘，皎皎空中孤月轮。江畔何人初见月？江月何年初照人？人生代代无穷已，江月年年望相似。不知江月待何人，但见长江送流水。”

传说张若虚年轻时，曾经是太平公主府家里的私塾先生。教太平公主与武攸暨的两个女儿武艳和武丽诗文，张若虚虽已人到中年，但学识渊博风采俊逸。武艳十六七岁，正值情窦初开的年华，不知不觉中喜欢上了张若虚。张若虚自然也很喜欢美丽聪慧的武艳。但现实是残酷的，天意总不随人愿，一个是皇亲国戚，一个是落魄文人，张若虚知道不可能，不得已卷铺盖走人，憋了半辈子，明月寄相思。“白云一片去悠悠，青枫浦上不胜愁。谁家今夜扁舟子？何处相思明月楼？”前半段写人生哲理、自然规律大气通透，后半段落到儿女之情，格局略小。“不知乘月几人归，落月摇情满江树”，收尾两句略显单薄。

苏轼在公元1076年（丙辰中秋）写下《水调歌头·明月几时

有》(欢饮达旦，大醉，作此篇，兼怀子由)，常被评为“宋词第一”，收尾几句情景交融：“人有悲欢离合，月有阴晴圆缺，此事古难全。但愿人长久，千里共婵娟。”千古传诵意犹未尽。

中文之美，特别是古典诗词之美，首先在于韵律。诗词先有了旋律，再往里填词用来唱。鲁迅先生曾说，汉语“(字)音美以感耳”。汉语的字音包含声、韵、调三个部分。汉语拼音字母的元音都是乐音，每一个音节中都少不了元音，所以单个字音就具有音乐美，而两个音节构成双声、叠韵关系，更具有音乐美。汉语有四个声调。古四声分为平、上、去、入，将其作“二元”分类，谓之“平仄”。平声归入“平”，上、去、入读起来不平，统统归入“仄”。声调的变化会产生抑扬顿挫的节奏，谓之“韵律”。抑扬顿挫的汉语诗歌富有音乐性，诗句的音乐性正来自汉语单字的音乐性。

当然，韵律只是一方面，评判诗词的优劣高低，更要看立意，无论是慷慨激昂还是低沉婉转，要能给人感受到整体的意境，有立体感和代入感。惜乎唐宋之后，元明清的诗词水平整体处于退化状态，通篇皆为上乘的佳作已经可遇不可求，顶多就是一首诗词里面冒出一两个佳句。章太炎说：“中国自古无无韵之诗，有之自胡人史思明始。”

意境与韵律，应该是古今中外不同文化体系的作家诗人，无不孜孜以求的共同标准。不管是莎士比亚的十四行诗，还是古希腊、古罗马、拉丁诗人，写出来的作品都力求有语言的押韵之美，再要符合词语表达的意境，有明确的思想主题，才能成为经典佳作。但我总觉得除了汉字，其他语言无法做到对仗工整，再要求有谐音什么的小趣味，更加不可能。

2018年在迪拜，看到商场里到处是中文标识，支付宝在做广告

“他乡遇故支”。广告做得巧妙，让人欢喜赞叹。汪洙《神童诗·四喜》讲中国人的四大喜事：“久旱逢甘雨，他乡遇故知，洞房花烛夜，金榜题名时。”明朝冯梦龙在《醒世恒言》卷二里补充：“分明久旱逢甘雨，赛过他乡遇故知。莫问洞房花烛夜，且看金榜题名时。”你说你要不用支付宝，都对不住这几句好词。但是怎么给老外解释这里面的妙处，着实是个费劲的事情。

意境这东西，不从小时候抓起，不反复学思践悟，那是不行的。懂的自然懂，不懂的，是对牛弹琴。去看了《姜子牙》，挺失望，饺子数年打磨出《哪吒》，大家都期待建立封神宇宙了，结果又退回到《大圣归来》甚至《捉妖记》的水平。最出彩的是结尾彩蛋，可能是《哪吒》团队赞助了下。

坐二望一，赶超美帝，任重而道远。不管怎么说，但愿人长久，华好月更圆。

没有你我只有我们　不要复刻做你自己

2020年10月4日

截至10月2日晚，猫眼实时数据显示，《姜子牙》上映两日票房为6.51亿元，《我和我的家乡》上映两日票房5.26亿元，《夺冠》上映8天票房3.82亿元列第三。因为1号先看了《姜子牙》，比《哪吒》水准下滑严重，但票房打破多项纪录。《夺冠》提前上映，票房只居第三，再加上有陈忠和公开抗议的事情，连片名都从《中国女排》改为《夺冠》，难免降低预期。但看过之后，超出了预期，应该说是不可多得的主旋律竞技类电影。而票房走势这样，可能时代确实改变了。

女排之于中国，绝不仅仅是一项运动这么简单，是时代的兴奋剂和民族的领奖台。在足篮排三大球领域，女排是一枝独苗，是目前中国唯一拿得出手的项目。曾经的女足“铿锵玫瑰”、姚明那届男篮、甚至踢进过世界杯的男足都是昙花一现，唯有中国女排不断给国人带来夺冠的惊喜。20世纪80年代改革开放初期，女排豪取五连冠；21世纪初，再获2004年雅典奥运冠军；2019年，11连胜夺得世界杯，第十次站在世界之巅。

1981年11月16日，中国女排在日本东京首次夺得世界杯，是零的突破，意义非凡，工厂停工，学校放假，万人空巷，彻夜欢庆，相信是中国体育史上最激动人心的事件，没有之一。

参加那次世界杯比赛的一共有8支球队，分别来自巴西、保加利亚、中国、古巴、韩国、苏联、美国和东道主日本。比赛采取单循环的赛制。在对阵东道主日本队之前，中国女排以六连胜的战绩排名第一。日本队五胜一负（日本2：3美国）的战绩排名第二。最后一战对日本，中国女排只需要赢下两局，就可以稳获冠军。比赛当天，中国女排顺利地以15：8、15：7接连拿下两局，已经稳获冠军的女排姑娘们有点松懈，之后被日本队15：12、15：7连扳两局，双方打成了2：2。主教练袁伟民及时告诫姑娘们："如果输给日本队，那这个冠军就是不圆满的。"中国女排终于顶住了日本队的反扑，最终17：15拿下决胜局，以全胜的战绩夺得世界杯冠军。完美！但要注意，2：0时冠军已经到手了。

中国队袁伟民获最佳教练员奖，队长孙晋芳获最佳运动员奖，古巴队梅·佩雷斯获敢斗奖，优秀运动员奖六人：美国队里·克罗克特、中国队郎平、苏联队柳·契尔尼舍娃、日本队广濑美代子、美国队弗·海曼、中国队孙晋芳，而美国队弗·海曼获得了扣球奖，当时20岁的郎平是六个优秀运动员之一，当然这只是"铁榔头"横扫世界的开始。

吴刚很好地演绎了袁伟民的精气神，"中国女排没有你我，只有我们"，确实是时代的精神浓缩，而排球领域的魔鬼训练法并非袁指导首创。日本的大松博文，靠着魔鬼训练法，培养出号称"东方魔女"的日本女排，1962年首获世锦赛冠军以来，打破苏联及东欧国家独霸排坛的局面，连胜118场国际赛事。1965年，中国体委邀请大松博文来中国执教一个月，这个不高的东洋教练，以凶狠著称，他把球一个个砸向球员，还不停叫骂，因他打骂队员，仅在华一个月就打道回府了，而袁伟民正是大松博文来华执教的提议人。从大松博文那里，他掌握了女排的训练要领，结合中国女排的特点，总结出一整套训练方法，临场指挥更是如有神助。终于打败不可战胜的日本队，创造中国女排世界五连冠的奇迹，体现了振奋国人的女排精神。之后袁伟民任国家体委副主任，国家体育总局局长。而在电影前半段，除了郎平，别说陪练陈忠和，就连主教练似乎也没出现名字，解说场上队员都是几号几号，这是当时的时代精神，每一个个体都模糊了面孔。陈可辛指导水准比较稳定。

女排五连冠成员，一部分从政，一部分经商，一部分移居国外，只有郎平，初心不改，先后在意大利、美国执教，1996年率中国队夺得亚特兰大奥运会银牌，2008年作为美国女排主教练，淘汰了陈忠和带队的中国队，但决赛负于当时如日中天的巴西，再获一枚银牌。

就像足球之于英国、篮球之于美国、板球之于印度……运动对于一个国家的意义，不仅仅停留于转播几场精彩比赛，影响力也不局限于国界之内，它还代表一个国家的国际形象和民族自信。电影淡化了中美争的是决赛权，而不是在决赛中争冠军，以当时巴西队的实力，中美哪个进决赛遇到他们大概率是输。尽管如此，郎平率美国队淘汰了陈忠和带领的中国队，看口型也知道被隐去的声音是骂郎平“卖国贼”。陈忠和不是败军之将，受命于危难低谷接手，率队夺得2003年世界杯冠军，2004年的雅典奥运会，陈忠和带领中国女排小组赛获得B组第一,四分之一决赛和半决赛先后击败日本队与实力强劲的古巴队，最终与俄罗斯队会师决赛，在前两局比赛先失两盘的情况下，陈忠和沉着应战积极求变，中国女排最终连扳三局拿到奥运会冠军，这是1984年洛杉矶奥运会之后，中国女排时隔20年再次获得奥运会冠军，也是我国三大球体育项目再次获得奥运冠军。先输两局，连扳三局，惊天大逆转，没有比这更刺激的了，其精彩程度甚至超过电影里出现的第三场比赛，2016年里约奥运会与巴西的淘汰赛。

这些年轻的姑娘们，字幕都打上了名字。被郎平认为进攻水平已超越自己、不要复刻做你自己的朱婷，“练不动去打工吧，人家都嫌你高”；漂亮的惠若琪，年纪轻轻做了两次心脏手术；虚构了陈鹿主动退出说要去考大学；打沙滩排球的张常宁总是转球不止是来搞笑的吗？决赛第五局，终于解决了为什么打球的问题，“这是你们的比赛”，因为热爱，别急拼了。不急就拼不动，急了往往瞎拼，热爱只是解决了态度问题，高水平的科学训练是根本。

关于陈忠和对电影不满的报道，看了电影之后表示不大理解。陈可辛在被问到电影中他最感动的桥段时，给出的答案就是郎平带领年轻的中国女排获得里约奥运冠军，打电话给陈忠和让他听国歌这段。而在机场送行时，陈忠和对郎平说“我不管别人需不需要女排精神，我需要”，郎平答：“明白。”陈忠和高大儒雅，估计不大喜欢黄渤自带一股小品劲儿，但从立意上，真没看出贬抑陈的意思。这是心心相印的战友，这是共同的理想信念，永远应该被传颂发扬。三场比赛，两个人，一个集体。

电影里最感动我的，是训练从除夕直到初一凌晨，食堂里各自的爸妈在包饺子等待子女。练体育苦，生活更苦，可怜天下父母心。而送别陈招娣的片段，电影里表现的是郎平下定决心再次回国效力，陈招娣的名字还是应该出现一下，除了郎平，让我们记住那一个个共同谱写传奇的名字。

二、千里之外

艰难苦恨繁霜鬓　潦倒新停浊酒杯

2020年3月24日

3月23日，国际货币基金组织总裁克里斯塔利娜·格奥尔基耶娃在与二十国集团财政部长和中央银行行长举行电话会议后，发表声明如下："冠状病毒疫情给人们带来的代价已经难以衡量，所有国家需要共同努力，保护人民并限制经济损失。这是需要团结一致的时刻，这正是二十国集团财政部长和中央银行行长今天会议的重要主题。"特别强调："全球增长前景2020年将是负增长，这一经济衰退至少与全球金融危机期间一样严重，甚至更严重。"但预计2021年经济会复苏。

发达经济体总体上更有能力应对危机，看看美国，美联储迅速把利率降到0区间，23日直接宣布无限量购债，从价格和数量两方面倾尽所有支持，这意味着现在是不限量供应，只要需要，无限创造，确实是新纪录。Unlimited QE，这个词目前的信号意义大于实践意义，美联储推出这个政策毫无疑问是为了提振市场信心，考虑到海外疫情的发展，这个政策可能是有必要的。但是从更长的历史视角，历史似乎进入了一个魔幻的阶段，无限量QE到底意味着什么？从今天FOMC的新闻稿里，有一句很重要的话叫"support the flow of credit to households and businesses"，就是说无限量QE的主要目的是支持居民和企业信用。问题是，货币和信用是一回事吗？显然不是的，货币是一种支付凭证，信用是一种借贷关系，所以无限量QE就是极致的货币信用化。可问题的核心是，货币是货币，信用是信用，货币泛滥解决不了生产中断造成的信用问题，除非有国家信用背书。美股收盘，标普道指均创三年多新低，道指抹平特朗普当选以来涨幅。标普500指数从历史最高点暴跌30%只花了22天，超过了大萧条时期的下跌速度。但波音逆市大涨逾11%，波音靠自己肯定挺不过去，但政府必须得救它，谁当总统都得救它，不然以后就只能坐空客，或者我们的C–919了。

新冠肺炎境外蔓延速度正在加快，从确诊首例新冠肺炎病例到全球病例数量达到10万花了67天时间，而达到第二个10万仅用了11天，第三个10万仅用了4天。美国24小时内确诊超过10 000例，确诊占被测试人群的比例达28%，这数据很惊人了，大概还处在消化存量数据爬坡的阶段。特朗普会为他应对疫情的不当行为付出代价，《纽约时报》3月20日发表的文章《别让特朗普跑了》，值得记录一下。英国数据还没有破万，“群体免疫”也没人提了，科学理论变得这么快。约翰逊宣布封城停业，首相老爹估计不满意，前两天还嚷嚷，去酒吧喝酒才有感觉。意大利、西班牙、法国重灾区，形势缓和收敛还有待时日。法国巴斯德研究所研究人员称，观察到一些样本中的病毒毒性增强了1 000倍。但经典理论认为，病毒随着一代一代往下传，毒性应该会下降。

不管怎么样，疫情不缓和收敛，市场不可能稳定，经济越来越糟糕，总会有薄弱环节先撑不住。艰难苦恨愁白头，潦倒只怕没酒喝。面对同一个病毒，选择困惑大不同。英国女性救助慈善组织避难所（Refuge）警告称，英国实施“封城令”禁止居民外出，将使该国150多万妇女面临家暴的风险。英国2019年约有160万妇女曾遭受家庭暴力。该慈善组织说，在当前危机中，酒吧和餐馆被关闭，社交活动受到阻碍，在有家暴问题的家庭中，妇女和儿童将面临更大的风险。

据美国媒体报道，资深国际奥委会委员迪克·庞德当地时间23日透露，2020年东京奥运会将推迟，有关细节将在未来四周内制定。3月19日文末，“最后预言下吧，疫情持续下去，东京奥运大概率延后举办。立贴存证”。实务工作不能坐而论道，必须进行预判做出选择，所谓为时尚早，类似车轱辘话，要是已成事实，还用的着说吗？假设要为东京奥运是否延迟下注，随着时间不断推移，赔率必然越来越低，到3月23日加拿大澳大利亚都宣布不参加，已经是必须下注的时候，就算日本控制住疫情，也架不住疫情全世界蔓延，是风险收益比较平衡的时机。时间越往前，越接近投机甚至赌博，时间再往后，风险当然小了，也没啥油水了。日本股市开盘大涨，有如释重负的感觉。

形式主义误事　别把表演当真

2020年4月5日

1998年《泰坦尼克号》上映，浪漫的爱情，唯美的画面，优美的音乐，奠定了它经典电影的地位。卡梅伦完美地平衡了商业与艺术，对于爱情的大胆歌颂，超越了那个年代观众对爱情片尺度所能想象的范围。没有贫富差距限制，一见钟情瞬间燃烧，影片里的经典桥段：露丝和杰克相约船头，与杰克相识变得开朗的露丝张开双臂、直面海风，像两只自由的鸟，相拥着爱情的唯美，其实一瞬间，感觉是永恒。话说小李子那时颜值是真高，杰克虽然是个穷小子，可是人家长得超帅啊，难怪富小姐露丝动心。

另一幕难忘的经典桥段：当船遭遇冰山撞击逐渐倾斜沉没，船上一片混乱，但一队勇敢的乐师却在生命的最后时刻，仍然镇定地演奏着人生的终曲，在死亡面前展现出的勇气让人无不动容。这个乐队被称为“The Band”，而他们演奏的最后乐曲便是基督教赞美诗《更近我主》。嗯，这是歌颂人性光辉的一面，永远正确的理念和价值观。

艺术是艺术，现实是现实，杰克如果不死，后边不好编了。不能把表演当真，形式主义害死人。

美国评选历史上最伟大的总统，一般是林肯稳居第一，华盛顿与罗斯福争第二。

1863年11月19日，林肯在宾夕法尼亚州葛底斯堡的国家公墓揭幕式中发表演说，哀悼在葛底斯堡战役中阵亡的将士，被认为是历史上最伟大的演说，也是美国历史上被引用最多的演说，名垂青史声震寰宇，但其确切措辞却颇受争议。五份已知的演说稿，与当时新闻报道中的誊抄本，在很多细节上存在差异。这个不去考证它，其实是大同小异，没必要纠缠细枝末节，不到三百词，不到三分钟，一大早天蒙蒙亮，稍远点就听不清，没等凑近林肯讲完走了，其实最重要的就是结尾：“我们要在这里下定最大的决心，不让这些死者白白牺牲——要使这个国家在上帝保佑下得到新生——要使这个民有、民治、民享的政府永世长存。”其实林肯生前坎坷，光辉闪耀在遇刺后，卡耐基写的《人性的光辉：林肯传》内容翔实：他9岁时母亲去世；15岁时才开始认字；22岁时经商失败负债累累；23岁时竞选州议员失败；31岁时被取消参选州议员的资格；45岁时竞选参议员失败；47岁时竞选副总统失败……

奠定林肯不朽地位的，一是签署了《宅地法》、二是颁布了《解放黑人奴隶宣言》，不管大会小会会见谁，林肯主要就讲三句话：“要废除奴隶制”“美国不能分裂”“信任支持格兰特”，所以三分钟够了。简单坚定的信念，虽千万人吾往矣，用不着花里胡哨。回顾历史容易，前两项好理解，后一项难做到，格兰特屡战屡败，临战就紧张酗酒，告状信一筐筐的，估计林肯也无人可用，屡战屡败革职查办，格兰特是屡败屡战，虽败不乱更要鼓励，还真是笑到最后的才是真英雄，林肯、格兰特成就了彼此。要是搁现在，俩人估计都坚持不到胜利，早就都下台了。

形式主义大行其道，干得好不如说得好，只要会甩锅无往而不利。判断得失的标准不应该是human right，而是human left，这就好比大敌当前，谈笑风生还是坐立不安无所谓，重点是要能使得“樯橹灰飞烟灭”。华盛顿韩战纪念碑刻着“Freedom is not free”，老美现在从国到民，是只顾着追求Free，却迷失了真正的Freedom。

莫思身外无穷事　且尽生前有限杯

2020年4月12日

4月12日复活节。《圣经·新约全书》记载，耶稣被钉死在十字架上，第三天身体复活，复活节因此得名，象征重生与希望。其宗教起源与节期在以色列，历史学家根据《圣经》和以色列人逾越节的日期，推算出在春分日之后，满月后的第一个星期天就是《圣经》中讲到耶稣复活的日子。由于每年的春分日都不固定，所以每年的复活节的具体日期也不确定，大致在3月22日至4月25日之间。关于耶稣之死，按基督教教义，是为了赎世人的罪；耶稣基督的身体复活，是为了使信徒得到永生。复活节是基督宗教最重大的节日，重要性其实超过圣诞节。

耶稣为什么被钉在十字架上？因为《最后的晚餐》中犹大向罗马人出卖了他。犹大为什么出卖耶稣？宗教解释信仰不坚定，犹大根本不相信天国。通俗来说，犹大贪财。随着耶稣不断地预言受难受死，并且进入耶路撒冷的时候，一点不像人间的君王，犹大越发觉得没指望，反正耶稣总说要死的，干脆卖给大祭司算了，尽管荣华富贵落了空，但是能赚一点是一点，这就是最后的晚餐时，犹大偷偷出去报信了。

但耶稣被钉在十字架上遭受极刑，其实是被拥护他的犹太人利用“广场政治”投票通过的，本丢彼拉多迫于民众的压力，不得不判处耶稣极刑。《旧约圣经》中讲得很清楚，人民决定将耶稣钉在十字架前，本丢彼拉多能从他们脸上看出，世人是因为“嫉妒”耶稣才想耶稣遭受极刑的，本丢彼拉多想尽自己所能去拯救耶稣，但是耶稣作为犹太人却想要验证弥撒亚，宁愿放弃自己的生命走向十字架。

铺垫这么多是想说明：一是矛盾无处不在，耶稣基督也很无奈。罗马人和犹太人之间的矛盾，犹太人内部的矛盾，甚至门徒之间的矛盾，耶稣其实也摆不平。二是秀才遇到兵，有理说不清，犹大看到耶稣要受刑，良心发现后悔上吊了。当然，他主要不知道耶稣有神力可以复活，否则必然振振有词，我那不是出卖主，而是配合成全主，后人会因耶稣复活就给犹大翻案吗？不会的！叛徒就是叛徒，人要为行为负责任，永远钉在耻辱柱上。关于第二点，另一个有名的故事：罗马士兵闯入阿基米德的住宅，看见一位老人在地上埋头作几何图形，阿基米德对士兵说：“你们等一等再杀我，我不能给世人留下不完整的公式！”还没等他说完，士兵就杀了他。老人家带着遗憾赴死了。

所以能不能说能说什么从来都是被限制的，无差别自由表达过去现在将来都不会存在，昨天文章论述考证，伏尔泰没说过这话，他也不是这么干的。所谓捍卫自由表达权利，都是捍卫同伙的表达权。

美国康州三一学院经济系荣休教授文贯中日前撰文《这一轮全球化已经终结，留给中国的时间窗口很有限》，认为虽然这次公共卫生危机不会导致长期的“大萧条”，但是为全球化敲响了警钟，“如果不能突破制度性瓶颈，那么逆经济全球化的抬头无法抵挡。世界可能重新走上恶性全球化的道路”。文贯中指出，全球化有“良性”和“恶性”之分。经济全球化的未来主要掌握在中美两国手中。假如两国不能积极协调，经济全球化将由目前的“一个世界”蜕变为“两个阵营，三个世界”的局面。疫情是导火索，而中国崛起美国遏制，冲突难以避免是主因。

回顾历史，第二次世界大战爆发前，威廉·戈尔丁在一所学校教书，他于1940年参加了英国皇家海军，“二战”后他又回到了学校，一边教书，一边写作。虽然书稿多次被拒，但在遭到出版社第20次拒绝后，1954年戈尔丁的处女作《蝇王》终于面世了，并在英国文坛引起巨大轰动。故事讲的是在战争中，一群六岁至十二岁的儿童在撤退途中，因飞机失事被困在一座荒岛上，起先尚能和睦相处，后来由于恶的本性膨胀起来，互相残杀发生悲剧性的结果。人性本善还是恶？作者将抽象的哲理命题具体化，人物、场景、故事、意象等都深具象征意义。《蝇王》是一本重要的哲理小说，借小孩的天真来探讨人性善恶这一永恒话题，故事以崇尚本能的专制派压倒了讲究治理的民主派而告终。1983年戈尔丁获得诺贝尔文学奖，而同名电影于1963年、1990年两次拍摄，中文也译为《童年无悔》，严重推荐。

桃李春风一杯酒　江湖夜雨十年灯

2020年5月3日

伯克希尔哈撒韦即将在北京时间今日晚些时候公布第一季度业绩报告，随后召开线上年度大会，这是第一次举行线上年会。往年这时候都会有数万名游客来到小城奥马哈，为的是说不定有机会能与巴菲特、芒格交流。过去几年很羡慕一些市场化机构能够亲临现场，顺便拜访客户开拓市场，即使自费也愿意体验一下，不指望现场学到什么，就是想感受一下气氛，看看两位通透明白的老人家。

北京时间5月3日凌晨，伯克希尔将举行线上股东大会。巴菲特的老搭档芒格将不会出席，代替他位置的是伯克希尔非保险业务副董事长格雷格·阿贝尔。阿贝尔1984年从阿尔伯塔大学毕业，曾在埃德蒙德的普华永道分部工作，后去往旧金山办公室。阿贝尔将当年的MidAmerican Energy逐渐打造成为了全美最大的能源供应商之一，同时也为伯克希尔贡献了大约10%的盈利。伯克希尔的能源子公司之所以能够从几乎一张白纸发展到现在年营业收入约几百亿美元的规模，阿贝尔是最大的功臣。市场聚焦以下三点：一，伯克希尔季度末的现金总量（截至去年年底为1 280亿美元），以及巴菲特是否会像2008年金融危机一样寻求更多的流动性；二，疫情对公司保险业务造成的影响。CFRA分析师表示，鉴于疫情给公司的保险及再保险业务可能会造成损失，伯克希尔可能会保留一些“干火药”（指的是已募得但尚未投资的资金）；三，谁是巴菲特的继任者？市场猜测非保险业务副董事长格雷格·阿贝尔将会成为接班人。

今年已经96岁高龄的芒格是非常有意思的一位老人，他写的《穷查理宝典》，深入浅出有意思，写了自己的生平，充满了真知灼见，洋溢着风趣幽默，极力推荐。最重要的一句话是：“投资并不简单，认为投资很简单的人都是傻瓜。”难的是什么？难的是：常识、理性、耐心、严于律己、知行合一。芒格和巴菲特俩人是天生的搭档，互相成就。两位老人在台上，一个演逗哏一个演捧哏。每次都是巴菲特先回答问题，回答完之后会把话题留给芒格说，“该你说了，查理”。然后查理一般的口头禅是，“我没有什么好补充的”。国内很多投资大佬，一旦取得成功之后，会搞得越来越神秘，一方水土养一方人。有一个著名的小故事讲巴菲特请比尔·盖茨吃早餐，巴老每天早餐基本固定是麦当劳，如果当天股市开盘上涨，他就会买一个3.15美元的套餐，如果股市开盘下跌，他就只买个2.95美元的套餐。然后他请比尔·盖茨吃麦当劳，要付钱时，突然想起来忘记拿优惠券了，结果他让比尔·盖茨等一下，老人家跑回车里取优惠券。如果故事是真的，佩服得五体投地，望尘莫及做不到，没几个人做得到。

此前巴菲特接受访谈，谈了十条成功的经验：

1. 找到自己的激情（find your passion）；

2. 雇佣人的标准：正直，聪明，精力充沛（integrity，intelligence，energy）；

3. 不在乎别人的眼光（don't care what others think）；

4. 每天读书五六个小时（read，read，read）；

5. 尊重安全边际（margin of safety）；

6. 必须要有自己的竞争优势（have a competitive advantage）；

7. 找到自己独有的步伐（schedule for your personality）；

8. 永不自满（always be competing）；

9. 找到一个榜样（model success）；

10. 给予无条件的爱（give unconditional love）。

认真对照思考了，连一半都做不到，做得最好的是广泛阅读。因次贷争执被边缘化的那几年，微信微博也不发达，赋闲流连各种论坛，从知乎到新浪天涯，好读书而不求甚解，日积月累博观约取，厚积薄发终于有成。

关于投资，巴老讲过很多至理名言，个人认为最重要的一句话是："在别人贪婪的时候我们恐惧，在别人恐惧的时候我们贪婪。"这是智商、情商、逆商的综合考验，是世界观和方法论的辩证统一，是既要顺势而为又要不为潮流所动，是亢龙有悔全力以赴同时留有余力的悔字真言，运用之妙存乎一心。管理大机构大资金，要诀在于既顺应趋势又留有余力，一哄而上你争我抢时跟随即可，一哄而散市场恐慌时坚持在场，减少往返跑的损耗，行得稳自然能致远。

2020年，巴菲特首次举行线上股东大会，巴老在线称，从他21岁到现在89岁了，从来没有用过幻灯片给大家讲，但是"老狗也能学到新技能"，所以他学习用PPT给大家讲解。巴老还称，他已经七个星期没有理发了，这是七周以来第一次系领带。真正是老当益壮，四五个小时的交流，我这个年龄都觉得吃力。伯克希尔一季度财报显示，公司一季度净亏损497.46亿美元，创历史纪录，投资组合遭遇“账面巨亏”超545亿美元，同时账面现金达到了创纪录的1 373亿美元。前五大持仓占其投资组合比重近70%，五只股票较上季度账面亏损421亿美元，详细情况如下：美国运通：公允价值130亿美元，环比亏损59亿美元；苹果：公允价值638亿美元，环比亏损99亿美元；美银：公允价值202亿美元，环比亏损132亿美元；可口可乐：公允价值177亿美元，环比亏损44亿美元；富国银行：公允价值99亿美元，环比亏损87亿美元。而在刚刚过去的2019年，伯克希尔哈撒韦公司亏损了15%，同期标准普尔500指数只下跌1%。但是长期看，据FactSet的数据显示，自1976年以来，伯克希尔哈撒韦投资年回报率接近21%，是标普500指数同期10%回报率的两倍多。

巴菲特强调，美国的势头不可阻挡，美国（经济）是相当强壮的。美国已经接受过考验，比如大萧条。相比于1789年的时候，现在是一个更好且更富裕的国家。巴菲特对美国经济将复苏持乐观态度。“没有什么能从根本上阻止美国，美国奇迹，美国魔力能够战胜一切，这一次也不会例外。”“我是相信美国，我的过往生涯，就是抓住了美国成功的机会。我余生都会押注美国，希望继任者也能如此。”这个吧，过去一百年，确实是这样，未来一百年，谁又知道呢？三百年以前，还没有美国。

巴老强调：这次危机和2008年没什么相似之处。从长远来看，股票仍然是比国债更好的投资，但不要借钱去炒股。分散投资是比较好的，这和以前的策略似乎不相符，巴菲特一直是坚持集中投资的，可能是最近几年遇到的意外事件太多了，所谓的确定性信仰遭遇了打击。新冠改变了他对航空公司的看法，不清楚未来三四年人们是否会像以前那样坐飞机，而航班现在太多了，已经亏本清仓了所有航空股，而在原油问题上，也犯了大家都会犯的错误。巴菲特在股东会上表示，没有什么能比可印钞票的国家信用高，虽然国家负债会越来越大，但经济还是在增长，而且国家举债用本国货币，信用风险并不大。这个有点牵强吧。

显然巴菲特认为疫情对经济的影响是长期的，说“不可能更坏了”可能只是信心喊话。实际上，截止到一季度末，伯克希尔账面上现金达到创纪录的1 370亿美元，比去年底又多了大约100亿美元。为啥还没有抄底？因为形势看不清，不得不做长期应对疫情的准备。伯克希尔的本质是一家保险公司，保险公司天然需要保留大量的现金，另外联储政策在不断侵蚀这部分现金的价值。

时移世易，历史分析得再好，不一定能指导未来。2020年很多事情都改变了，美股十天熔断四次，连续三个交易日平均波动超过9%，金融危机以来最大周跌幅，然后近90年来最大周涨幅……各项历史纪录被刷新，从巴菲特到孙正义，东西方的股神都神奇不再。

山重水复疑无路　柳暗花明又一村

2020年5月31日

北京时间5月31日凌晨3：23，SpaceX最新的载人龙飞船在美国肯尼迪航天中心39A发射台成功发射，载着两名宇航员还有一只恐龙玩偶前往国际空间站。此前本次发射已经因为天气原因推迟了一次。在历史性的载人发射任务面前，SpaceX和NASA都无比谨慎。而在今天的发射前数个小时，NASA官方依然表示仅有50%的概率能够按时发射。一贯怼天怼地的马斯克在发射前的采访里说，“如果成功了，那是NASA和SpaceX的功劳，如果失败了，那就是我的问题”。“火箭发射可能有无数种失败的方式，但成功的方式只有一种。”载人航天无疑是航天领域难度最高的任务。在此之前，有能力进行载人发射的仅有苏联（俄罗斯）、美国和中国，这其中无一例外都是以国家力量在推动。将人类送出地球，在商业航天史上取得这一成就的私营力量，目前只有马斯克和他的SpaceX公司。此前SpaceX有过多次发射失败爆炸的惨痛记忆，公司还专门制作了视频演绎“失败乃成功之母”，愈挫愈勇，天马行空，马斯克着实了不起。这三个字像有魔力一样，换个顺序就是马克思，改变历史的伟大人物。似乎姓马的大人物真不少，马云马化腾改变国人生活。不过举例子说明不了什么问题，90年代的马家军、马俊仁好歹是个人物，2004年的马加爵，扯远了，集体宿舍的噩梦。

“二战”结束后，美国和苏联都相信，谁有能力先将卫星和人类送入太空，无疑是超级大国的象征。两个大国的第一个目标就是先将卫星送入太空。1957年10月，当R–7火箭带着人类第一颗人造卫星飞入太空时，美苏太空争霸战以苏联首战告捷。此后，苏联太空研究员科罗廖夫又在和美国冯布劳恩领衔的竞争中赢得了一连串的胜利，包括首先将一只狗送入太空及首先将第一枚无人探测器送往月球。1961年，苏联加加林乘载宇宙飞船成功进入太空，成为第一个进入太空的人，其后美苏继续展开激烈的角逐。苏联在争霸战中本来一直领先，只因科罗廖夫在痔疮手术中被庸医不慎“医死”，才使美国抢先登月，苏联阴差阳错输掉了登月竞赛！1969年7月，美国人阿姆斯特朗一脚踏上月球表面，声称“迈出的一小步，是人类的一大步！”苏联急起直追，屡战屡败，终于放弃登月计划。从此，太空争霸战的主动权落到美国手中。不过，一直以来都有人怀疑航天员在月球漫步、插旗的照片和影像，是美国航空航天局搞的“登月骗局”。无论“美国登月”是真是假，苏联承认打输了太空战，而庞大的军费科研开支也是最终拖垮苏联的重要原因。20世纪八十年代初，里根提出“星球大战”计划，实际效果似乎有限，《星球大战》系列电影倒是票房大卖。

因为有了马斯克破局，国家之间的竞争加入了私人企业的力量。毫无疑问，这次发射对美国意义重大。2011年，美国方面的航天飞机停止使用后，一直需要依靠俄罗斯方面的航天器将宇航员送往国际空间站，为了“联盟号”飞船上的座位NASA每年会支付7 100万美元。这是美国航天的一个历史性时刻，同时，它也拉开了商业载人航天的时代序幕。这是SpaceX成立18年以来的首次载人任务，同时，也是太空狂人马斯克“逃离地球”计划迈出的关键一步。马斯克曾表示，“如果我们能带人和设备去火星，那么人类变为多行星物种就成为可能，这是SpaceX公司矢志不渝追求的目标”。因为想着去火星，据说马斯克清空了所有物业，女友歌手格莱姆斯也很不满。因为他俩的孩子5月5日在加州诞生，两人原本将小孩取名“XÆA-12”，但不符合加州法律规定，当格莱姆斯问到是不是会替儿子改名，她简短回复“XÆA-Xii”，将原本的阿拉伯数字改成罗马数字。格莱姆斯之前曾解释，“XÆA-12”的X代表未知数；Æ是AI人工智能和爱情的缩写；A-12是我们最爱飞机，战斗力强，但不暴力；A同时也代表她最爱的歌曲*Archangel*。粉丝不只对名字的由来感到好奇，也想知道如何发音，格莱姆斯回复“Æ就是先念A再念I”。只不过马斯克之前接受访问时曾透露“Æ念做Ash”，看来两人对儿子的名字有不同的认知。不管是星辰大海的终极问题，还是起啥名字怎么念的小问题，求同何其难，存异是必然。

截至30日，美国白人警察暴力执法致黑人男子死亡所引发的抗议示威持续升级，目前全美至少30座城市爆发抗议活动。综合外媒，来看看美国应对暴力抗议目前都采取了哪些方式：一是出动国民警卫队。目前美国至少有8个州和哥伦比亚特区已经启动或要求国民警卫队协助当地执法以平息示威，首都华盛顿已出动国民警卫队保护白宫。二是实施宵禁。美国目前已经有16个州的25座城市实施宵禁，不遵循禁令者将被强制执行法律措施。三是特朗普威胁以暴制暴。特朗普29日的一篇推文发推警告在抗议活动中趁乱抢劫的“暴徒”会吃子弹，“若你开始劫掠，那枪声也会响起！谢谢！”30日在推特上称，对于暴力示威联邦政府要采取必要的行动，包括动用拥有“无限权力”的军队。话说明尼阿波利斯警局被烧，据说案卷档案全部被烧毁，最大赢家原来是东哥（刘强东），

“6·18”要到了，促销力度应该不会小吧。

其实因为抗议弗洛伊德之死的示威活动蔓延升级比较快，但持续时间还并不长，这么快就军警出动强力镇压，民主的成色似乎有疑问。不过老美一贯双标：别人家示威是亮丽风景线，自己家闹事立刻上手段，能不能自由的呼吸，既取决于空气，也取决于个体。据香港多家媒体报道，由美国政府持有超过72年的南区寿山村道37号、现为驻港总领事馆宿舍的6幢超级洋房，近日开始秘密招标出售，市值超过100亿港元。香港东网报道，美国总领馆30日向该媒体确认了出售有关物业的消息。根据土地注册处资料，地皮现时的业主为THE UNITED STATES OF AMERICA，美国于1948年以31.5万港元购入该地皮。地皮原建有6幢洋房，本用作美国驻港总领事馆员工宿舍。一年以后的1949年8月18日，毛主席发表了著名的文章《别了，司徒雷登》。

盼望坏年景过去　只怕才是个开始

2020年6月2日

看起来魔幻的2020，是20年代的开始，大家都盼着快点过去，或者是能够重新来过，可是越来越多的迹象表明，这恐怕似乎是坏日子刚开始，可千万不要过几年回顾，原来2020还算好年头。

目前，全美至少有140个城市发生了抗议活动。6月1日，CNN报道，美国至少23个州和华盛顿特区动用了国民警卫队应对抗议活动。在游行示威活动现场，抗议者高喊口号，抗议警察暴力执法和种族歧视行为。他们说："黑人每天都在死亡，但没人在乎。希望我们最终能改变制度。"欧洲澳洲都有声援行动。而同日，特朗普在电话会议上嘲笑州长们软弱，称他们需要更严厉地打击目前愈演愈烈的抗议活动。"由于没有召集更多的国民警卫队在城市街道上武力示威，你就会看起来像个傻瓜"。

据美国有线电视新闻网（CNN）6月1日报道，特朗普在白宫告诉记者，他的政府"完全致力于"为乔治・弗洛伊德伸张正义，但他同时表示，他认为抢劫者和暴力抗议正在分散人们对这一目标的注意力。"所有美国人都理所当然地对乔治・弗洛伊德的惨死感到惊骇和愤怒。"特朗普说，"我的政府完全致力于（为他伸张）正义以及他的家人，正义会到来。他不会白死。我们不能允许和平抗议者的正义呼喊被愤怒的暴徒淹没。骚乱的最大受害者是我们最贫穷社区中那些热爱和平的公民。作为他们的总统，我将努力保证他们的安全。我将为保护你们而战”。

一贯彪悍的阿肯色州共和党参议员汤姆·科顿发推建议联邦政府，部署美军最为精锐的快速反应部队——第101空降师镇暴：“如果地方执法部门不堪重负……那就让我们看看当第101空降师出现在街的另一边时，这些无政府主义者会作何反应。我们要对这些破坏行动零容忍。”他甚至声称，如有必要的话，“第10山地师、第82空降师、第1骑兵师和第3步兵师（全都上）——不惜一切代价恢复秩序，对叛乱分子、无政府主义者、暴徒和抢劫者绝不手软（No quarter）”。特朗普此后也转发了科顿的推特并表示：“百分之百正确！感谢你，汤姆！”赶紧的，别光打嘴炮，精锐部队冲上去，展示一下风采嘛。阿肯色州小地方，是美国最穷的州之一，不过克林顿出生在那还当过州长。小石城位于阿肯色州中部，是阿肯色州的首府。1946年8月19日，克林顿出生在小石城。9年后的夏天，小石城教育主管部门宣布落实美国最高法院的判决，选取了9名成绩优秀的黑人学生，转学到当地一所公立中学读书。这所公立学校此前从来没有招收过黑人学生。可是，就在秋季即将开学之际，阿肯色州州长奥维尔·福布斯公开发表电视讲话，质疑最高法院判决的合法性，并表示要动用州国民警卫队封锁学校，阻止黑人学生进入。9月2日，当9名黑人学生来到公立中学时，发现州国民警卫队和警察对他们虎视眈眈。旁边是群情汹涌的部分白人种族主义者。在州国民警卫队的阻扰下，9名黑人学生连校门都没能靠近，就被迫离开了。之后，9名黑人学生多次尝试进入学校，都被州国民警卫队的枪支和刺刀挡住了去路。打过二战的艾森豪威尔怒了。9月23日，艾森豪威尔向全国发布公开电视讲话，宣布将派遣101

空降师前去小石城。9月24日，1 000余名101空降师士兵抵达小石城，控制了州国民警卫队。9月25日凌晨，101空降师士兵控制了公立中学。当日9点25分，9名黑人学生乘坐军用吉普车来到学校，并在全副武装的美国大兵的保护下，进入到校园。9名黑人学生有一个叫明尼吉恩·布朗的学生，他在日记中写着："我活了这么大，头一次感觉到自己是一位美国公民。"传奇啊，1993年，迪斯尼电影公司出品了电影《转学风波》，就是根据这段历史改编的。这么一回顾，小地方石城，居然是改变老美改变世界的风暴眼。

特朗普声称，他将援引1807年的《叛乱法案》，动员全国各地的军队，"迅速解决问题"，那时候南北战争还没爆发，1865年内战才结束。咋不引用下印第安头皮法之类的呢，那不更有威慑力。话说为什么包括奥巴马、纽约市长女儿等黑白混血会被认为是黑人？为什么库里和格里芬等看起来"白"的球员也是黑人？美国有个在20世纪初某些州（如田纳西州）实施但已经被废除的法律"一滴血原则"（one drop rule）：无论肤色是深是浅，只要你身上有一点黑人血统，那你就是黑人；只要有一点非白人血统就不是白人。尽管现在一滴血原则已经被废除，但仍对美国社会有深远的影响。示威游行和疫情，会不会让美国倒下？短期应该不会。但示威会让孪生的资本寡头和政治寡头加大奴役力度，疫情只会演变成寡头们清除弱势人口的工具，趋势是在恶化。

2020年，只怕才是个开始。

礼崩乐坏　数典忘祖

2020年6月13日

2月9日，第92期奥斯卡金像奖颁奖，韩国奉俊昊导演的《寄生虫》成了大赢家，一举荣获最佳外语片、最佳导演、最佳原著剧本与最佳电影四项大奖。仍然有许多人批评奥斯卡的“老白男”现象，这也是事实：负责评比美国影艺学院的会员，组成比率94%是白人、77%是男性、54%是老人。比较大的意外是《寄生虫》（*Parasite*）扬名本届奥斯卡，击败了似乎更接近传统价值的《1917》。当奉俊昊拿到最佳导演、最佳外语片时，依照惯例，这部韩国电影几乎不可能再得到最佳电影。李安没有成功，《美丽人生》也没有成功，但是来自韩国的奉俊昊成功了。

10天后，2月21日，据外媒消息，特朗普在一次集会中表示不满今年奥斯卡最佳影片由韩国电影《寄生虫》获得。他明确说：“今年学院奖（奥斯卡）多糟糕你们看了吧？（最佳影片）获奖的是一部韩国电影，这是什么情况？它好吗？我不知道。我们能让《乱世佳人》或《日落大道》这样的电影回归吗？有那么多伟大的电影，然而奥斯卡最佳影片的获得者是一部韩国电影！我以为是说它得了最佳外语片，结果不是。这种事以前有过吗？”以前还真没有过，不过世界变化真快啊，经典中的经典——《乱世佳人》，老美自己要把它下架了。

6月10日，电影《乱世佳人》因“描述种族主义”被HBO流媒体平台下架。这部诞生于1939年，风靡全球的经典电影，1940年奥斯卡奖一举赢得13项提名、8个奖项，是公认美国战前最经典、最成功的影片之一。当年的奥斯卡颁奖礼却只允许荣获最佳女配角的黑人女演员哈蒂·麦克丹尼尔坐在演员席的最后排，还被禁止参加当晚的奥斯卡舞会。二十年后六七十年代，国内文艺界对《乱世佳人》及原著《飘》是怎么批判的？批判它是“为奴隶制翻案，美化奴隶主”，现在老美自己也这么说了，实践证明觉悟至少比咱们落后了五十年。

而此前两天，著名情景剧《老友记》联合制片人考夫曼，已经识时务地对自己“未能在制作节目中充分促进种族多样性”表达了歉意。自1994年至2004年连播10季、236集的《老友记》，是围绕着6个普通美国人日常生活的NBC热播情景喜剧，这部典型的美式肥皂剧不论情节、内容，都没有什么明显涉嫌种族歧视的成分。它之所以也受冲击，只是因为影片6个主角中无一黑人。实际上，非洲裔美国人在美国人口中占比仅12.85%，而包括拉美裔在内，白人在美国人口中占比高达79.96%，拍一部6个主角都不是非洲裔的肥皂剧，就是“政治不正确”了。黑人的命也是命，现在肯定是对的，要改进没有问题，但不能因此否定历史。已成历史的事不能提，文明文化还怎么传承。要说原罪，印第安人才是原住民。印第安人的命就不是命吗？不过现在数量太少了，多数居住在保护区，闹不出响动形不成气候，拉丁裔亚裔呢？养老院的老人就不是命吗？不过他们已衰老虚弱到发不出声音。

《绿皮书》总体温情轻松，是根据真实故事改编的，发生在20世纪60年代，当时美国的种族歧视特别严重，黑人在美国的地位很低下，很多地方都是禁止黑人出入的，于是在当时“绿皮书”盛行。小册子是当时黑人的出行指南，里面会记载着黑人可以出入的旅店、饭店、商店等公众场所。《绿皮书》讲述了那个时代背景下，一个“不算太白”的白人和一个“不算太黑”的黑人之间的故事。黑人演奏家唐为了到南方巡演雇了个白人司机托尼，但他只能住很差的旅店，出去干点坏事还被抓了。还好认识司法部长，打个电话放出来了。但唐演奏的地方还是不让他用餐，唐拒演，和托尼一起到黑人集聚的酒吧狂欢，两个人开车在圣诞夜赶回纽约时遇到麻烦，受到白人警察的帮助，他们的努力在一点点地改变环境，黑人和白人之间，也在慢慢地交融。“包容”，这是《绿皮书》非常明确地传递给观众的思想，电影中从大环境下黑、白种人的不相容，到主人公唐和托尼的性格碰撞，“冲突”从电影的开始就一直不断。而可贵的是，唐和托尼两个人在一路同行的过程中，差异极大的两个人彼此从冲突到互相影响，终于和解直至互相包容，两个人成为了朋友，原本都有缺失的两个灵魂在激烈动荡的时代旅程中得到了治愈。

《为奴十二年》可就残酷得多。2014年所罗门·诺瑟普根据自身经历创作出版，讲述了一个原本生活在纽约的自由黑人，受过教育并且已婚，跟随两个承诺给他在华盛顿找工作的人去往当地，结果被欺骗绑架至南方，从此开始12年的奴隶生涯，记录了自己坚守尊严、追求自由的不懈抗争。根据该小说改编的同名电影共获得美国奥斯卡最佳女配角、最佳改编剧本、最佳影片三项大奖。既然《乱世佳人》要下架，《绿皮书》《为奴十二年》之类的都应该照此处理。

在“黑人的命也是命”抗议浪潮中，“取消文化”现象席卷欧美，各地抗议者纷纷要求拆除与奴隶贸易和殖民主义有关的历史人物纪念碑和雕像，这真有点儿破四旧的意思了。从伦敦到巴黎，欧洲发达国家跟殖民有关的纪念物比比皆是，都要改名都要拆，估计剩不下啥了。这动摇了社会的基本根基，忘记过去意味着背叛。数典忘祖，礼崩乐坏，世界不仅越来越荒诞和动荡，而且往危险的方向越走越远。弗洛伊德之死是个悲剧，但随便搜一下新闻就知道，不要说啥英雄圣人，连个好人都算不上，为了选票煽动对抗，驴象之争远交近攻，老美越来越分裂了。

德不配位　必有灾殃

2020年6月16日

6月14日是特朗普的74岁生日，外媒报道，特朗普在其生日这天共在推特上转发7条推文（其中1条支持他的文章，3条支持者祝贺其“生日快乐”的推文，2条庆祝美陆军生日的相关推文），发布3篇推文（其中2条对“fake news”和民主党进行攻击）。还发了一句意味深长的话：“沉默的大多数比以往任何时候都要强大。”是不是代表大多数不知道，主流民调显示最近支持率持续落后于拜登，但要说他和他的支持者沉默，恐怕大多数人都得笑出声。

《华盛顿时报》6日消息，特朗普周五（5日）打破了自己的多项纪录——他单日发布推特以及转推的次数总和达到200条，打破了此前142条的纪录；此外，他的推特当日还创造了新的单周发布条数纪录（468条）以及一小时内发布条数最高纪录（74条）。《华盛顿时报》在报道中形容特朗普刮起了“单日推特风暴”，而且这风暴是在“应对疫情不力”和“黑人之死”两条战线上全部遭遇猛烈批评之际刮起。文章说，现在距离下次总统大选只剩5个月，这两件事都给他冲击连任带来了风险。话说一天发200条推特，真有点儿不可思议，就算1分钟发1条，那也得200分钟，合3个多小时，这一天还有时间干正经事吗？看起来总统这工作没有想象的难干，闲得很呢，从早到晚网上冲浪。

但特朗普的支持者可是很有实力的。福克斯新闻14日报道，特朗普74岁生日当天，特朗普竞选团队和共和党全国委员会进行大规模网络筹款活动，单日筹款1 400万美元，打破他们在2016年10月19日创下的在线筹款1 000万美元的纪录。特朗普2019年宣布正式启动连任竞选时，当天筹款超2 500万美元，创下特朗普竞选历史纪录。

没有钱肯定不行，美联储都直接下场买垃圾债了，竭尽全力地表现效忠于总统。之前联储都是购买债券ETF，不过这样看起来有些危险，因为要购买“僵尸”企业债券，即营收还不够利息的企业。美联储这三个月来表现得颇为积极，有评论说，特朗普被戏称为美国“最后”的总统，即代表美国走向衰落的总统，鲍威尔也差不多会成为“最后”的联储主席。注入流动性可以拉起股市，付出10美元可以证明对“黑人的命也是命”运动的支持。当地时间6月3日，西雅图“国会山自治区”内，一名示威者拿着喇叭喊话在场的白人，希望他们能够在离开之前，随机向一名黑人捐赠10美元以表明自己不是种族主义，他称：“如果连这都让你为难的话，那我不知道你是否能对黑人的处境感同身受，我不知道你是否来对了地方……”看看，钱或许不是万能的，但没有钱是万万不能的。10美元都不肯付出，所谓爱心、政治正确从何谈起。

美国非裔男子乔治·弗洛伊德遭白人警察暴力执法致死事件持续发酵，反对种族歧视抗议示威持续蔓延，众多历史人物的雕像也遭到了不同程度的破坏。此前多日，在美国以及欧洲多地的抗议活动中，美国内战期间南方邦联将军雕像、17世纪英国奴隶贩子雕像、比利时殖民时期利奥波德二世国王雕像以及英国前首相丘吉尔的雕像均遭到反种族主义抗议者的破坏与涂污。而就在特朗普生日当天，俄勒冈州波特兰市的杰斐逊高中前，大约1 000名抗议者参加集会。当天晚些时候，一群抗议者来到学校的杰斐逊雕像前，用绳子套住雕像，把杰斐逊“拽下来”。抗议者还在底座上涂鸦，写上“奴隶主”。托马斯·杰斐逊是谁？是开国元勋之一，美国第三任总统，《独立宣言》主要起草人，在总统山有一席之地，也是美国政治思想的“国父”。在《独立宣言》中，杰斐逊曾写下“人人生而平等”。他曾公开谴责奴隶制，但其一生曾拥有超过600名奴隶，并从强迫劳动中获利。话说回来，华盛顿也是大奴隶主，基本上开国元勋们都是，要不要都清算一下呢？如果实现的话，2020年就开辟了“反种族主义”的新纪元。是不是平等就不知道了。北卡罗来纳社区白人居民给黑人下跪洗脚赎罪请求宽恕，乍一看以为是假新闻，后来看到多个外媒报道，原来不分东方西方，人类表达情感的方式是相通的啊。

种族主义太敏感，扯起来复杂得很，不展开了。14日当天，《中国经济学人》翻出了2016年11月15日《铿锵三人行》的文字及录像，窦文涛一如既往鸡贼挑事儿惦着收视率，刘炎焱展现精致利己主义者的实力，顾左右而言他挖坑激怒饶教授，可叹饶教授好认真好书生气啊，苦口婆心跟两个年轻后辈摆事实讲道理剖析特朗普，难怪那么高学术成就也评不上院士。上来就表明心迹：你搞清楚，喜欢我的人都是好人，不喜欢我的人大部分是有问题的人，所以我不在意多少人喜欢我和多少人不喜欢我。与我心有戚戚焉。

党同伐异　是耶非耶

2020年6月19日

美国前国家安全顾问博尔顿即将出版新书《白宫回忆录》，还没有上市已经先声夺人，提前爆出的片段猛料多多。在《纽约时报》提前披露的书中部分细节里，博尔顿描绘的特朗普形象十分糟糕，不仅缺乏对一些常识性问题的基本认知，时常发表虚假言论，甚至有时还脏话连篇。脏话连篇不能算猛料，特朗普推特经常开骂，支持者们认为这是真性情。不过，特朗普居然不知道英国是一个拥核国家，还提出过“芬兰是不是俄罗斯的一部分”这样让人目瞪口呆的问题。作为总统不知道也不去了解重要信息，怎么可能做出正确合理决策。除了“揭短”，博尔顿在书中还“挑拨离间”，曝光“忠诚不移”的蓬佩奥如何在背后嘲笑特朗普。2018年，特朗普会见金正恩期间，蓬佩奥曾给博尔顿写过一张贬损特朗普的字条，称“他简直是一派胡言”（He is so full of shit）。

据《今日美国报》16日报道，博尔顿计划在23日推出新书《事发之室：白宫回忆录》，内容涉及美国总统特朗普对中国、俄罗斯、乌克兰、朝鲜、伊朗和英国等国政策，西蒙与舒斯特出版社更以“特朗普不想看的书”为卖点，称作品爆料特朗普“前后矛盾、漫无头绪的决策过程”内幕。该书原计划今年3月出版，但特朗普政府以新书内容涉嫌“泄密”为由一直阻挠该书出版，眼看新书即将出版，特朗普政府16日正式将博尔顿告上法庭，双方持续数月的斗争再度升级。

据美国《国会山报》报道，起诉书声称，“被告（指博尔顿）掌握了一些美国政府最敏感的机密信息，在离开政府部门后两个月内，被告就去谈了一笔价值约200万美元的出书交易。他写了一份500多页的手稿，其中就包含大量机密信息，而他还打算将手稿公之于众”。起诉书还称，博尔顿违反了在白宫任职期间签的保密协议，若其新书在政府审查结束前出版，将危及国家安全。值得一提的是，签署这份起诉书的美国司法部民事部门负责人亨特16日当天宣布将离职，司法部发言人对此不予置评。

特朗普和博尔顿已势成水火，后续事态值得关注，毕竟前国家安全顾问的职位，掌握的内部信息肯定很多。特朗普恨死博尔顿了，当地时间17日深夜，特朗普发推愤怒地大骂：“疯子博尔顿那本极其乏味的书充斥着谎言和假话，他之前一直说我的好话，还被刊登出来了，直到有一天我把他解雇了。”然后又发一条推文说：“布什总统也把他炒了，他就是无能！一个心怀不满令人厌烦的傻瓜，一天到晚只想着打仗，笨死了，然后被人排挤，我开心地抛弃了他，真是个蠢货，如果是他说了算，他会跟整个世界开战。”特朗普警告，博尔顿新书一旦出版可能要承担刑事责任。“作为总统，我把我的所有谈话视为高度机密。如果这本书出版了，他就违反了法律。那是刑事责任，那可是件大事。”对此，博尔顿显然不这么认为。据身边人转述，博尔顿认为自己已经删除了涉密部分。这不是市面上爆料特朗普的第一本书，但未出先火：预售书已经牢牢登上了亚马逊网站的畅销书榜第一名位置。显然，全世界都等着看书里的“爆料”到底有多猛。不过要说泄露“高度机密”，特朗普自己将来怕也逃不过指控。6月7日，特朗普表示，伊拉克没有大规模杀伤性武器，但美国打了美伊战争。特朗普指责美国前国务卿鲍威尔应该为美国卷入中东战争负责。鲍威尔曾称伊拉克拥有大规模杀伤性武器，而他6月7日指责特朗普说谎，并公开宣布支持拜登。作为总统，掌握情报信息的权限是最高的，特朗普说“伊拉克没有大规模杀伤性武器”，应该确实就是没有，只不过公之于众，这不是泄密是什么。普大帝该笑了，早就指出2003年时任美国国务卿（鲍威尔），“他拿出了装有不明物质的试管，里面搞不好是洗衣粉”。什么牌子的？洗白效果咋样？

希拉里喊话特朗普：“安静地走人吧，回去打你的高尔夫球吧！”17日，希拉里接受英国天空电视台采访时，谈及最近美国疫情，她表示特朗普的表现比她四年前所预想的还要糟糕，此次新冠疫情深刻总结了他的执政失败。被问到即将到来的选举时，希拉里毫不犹豫地表示，“拜登必胜！”特朗普刚过了74岁生日，拜登年长4岁已经78岁了，过往也没什么像样的表现，不管谁胜出怕也好不到哪里去。众议院议长佩洛西已经80高龄，看上去身体还不错，当地时间6月8日，佩洛西和多名民主党议员戴非洲传统围巾单膝跪地8分46秒致敬弗洛伊德。随后佩洛西宣布美国警察改革法案，将禁止锁喉等执法手段。80高龄单膝跪地8分多钟，不需要人搀扶，身体素质可以。6月18日，佩洛西下令移除四位议长画像，因为他们曾在南部联盟服役，是“暴力偏执、丑陋种族主义的人”，“在这个民主的圣殿（众议院）里，容不下种族主义者。”有美国网友评论说：“最该移走的是你吧。”管他是谁呢？民主政治精英体制搞成这样，也是够荒唐。

104年前，1916年，美国Triangle影业制作发行了一部史诗巨作《党同伐异》，该片由大卫·格里菲斯执导，丽莲·吉许、梅·马什主演，于1916年9月5日在美国上映。《党同伐异》是电影史上的经典杰作，包含现代篇《母与法》、犹太篇《基督受难》、中世纪法国篇《圣母载莱姆教堂的屠杀》和古代篇《巴比伦的陷落》四大段落。《母与法》讲述20世纪初的加利福尼亚，一位青年工人被人诬陷为杀人犯，被判处死刑。而他的妻子则必须在行刑之前找出真凶，营救她的丈夫。“耶稣受难”发生在公元27年的巴勒斯坦。耶稣被门徒出卖，受尽折磨后被钉死在十字架上。“圣巴托洛缪大屠杀”发生在公元1572年的法国巴黎。天主教徒发动了对新教徒的大屠杀。一对婚期在即的新教徒青年也遭遇不幸。“巴比伦的陷落”发生在公元前539年的中东，巴比伦大祭司因为与王子巴尔撒尔的恩怨，竟然在波斯大军来攻之际打开城门，巴比伦古国从此灭亡。

每一段胶片都采用了不同的染色技巧。4个故事交替出现，故事转换时用母亲给婴儿摇篮的场面作为过渡。遗憾的是本片于纽约公映期间，并没有受到预期的欢迎。据影评人分析，本片不大卖座，是因为其提倡的宽容反暴力的论调跟当时美国高昂的参与一战的情绪相冲突。《党同伐异》的主题是爱与宽容，按照其英文标题的说明，即穿越时代的爱与狭隘的斗争，中文翻译称得上信达雅。是耶非耶？作为个体努力做人性的选择，选择爱与宽容、勇气和自由。制造分歧党同伐异，世界怎么可能变好。

用之则行舍即休　此身浩荡浮虚舟

2020年6月26日

有个三季人的故事，没查到准确出处。是这么说的：“朝，子贡事洒扫，客至，问曰：‘夫子乎？’曰：‘何劳先生？’曰：‘问时也。’子贡见之曰：‘知也。’客曰：‘年之季其几也？’笑答：‘四季也。’客曰：‘三季。’遂讨论不止，过午未休。子闻声而出，子贡问之，夫子初不答，察然后言：‘三季也。’客乐而乐也，笑辞夫子。子贡问时，子曰：‘四季也。’子贡异色。子曰：‘此时非彼时，客碧服苍颜，田间蚱尔，生于春而亡于秋，何见冬也？子与之论时，三日不绝也。’子贡以为然。”这说明了两个事儿：一是争论无益，强词夺过真理，强辩胜于事实；二是圣人也见风使舵，还会自己找个台阶下，难道不是应该坚持真理吗？不过这个事儿《论语》并无记载，大概率是后人杜撰，反正“子不语怪力乱神”，想说什么事儿编排个出处，文化人嘛找点儿理论依据。2009年，台湾大学曾仕强教授在百家讲坛《易经的奥秘》系列节目中经常说：“以前我看到那些不讲理的人我会生气，现在我不会了，我心里这样想，三季人，我就没事了。任何事情当你要发脾气，当你情绪很不稳定的时候，三季人，你就心平气和了。”潜台词是：我讲的《易经》高明得很，你要不愿意听，你是三季人嘛，我不跟你计较。

这个吧，人生达命自洒落，忧谗避毁徒啾啾。既然看破也说破，何不悠然且为乐。

一转眼2020年上半年就要过去了，浓缩了历史的精华，大家先后见证了1918年西班牙大流感、1929年大萧条、1960年代反种族主义运动、2008年金融危机。从程度上说，单拎出一条，并没有那么严重。首先，1918年西班牙大流感，造成5亿人感染，4 000万到1亿人死亡。而当时的世界总人口不过17亿左右。必须指出的是，西班牙大流感并不是源自于西班牙，而是美国，由于美军参加“一战”传到了欧洲，而在西班牙相对比较严重。但美英法的媒体，都把它叫“西班牙流感”，甚至还起了一个更可恶的名字，叫“西班牙女郎”，为此西班牙人据理力争了足足一百年。但因为话语权在英法美等战胜国手里，所以1918年大流感一直被称之为“西班牙流感”，污名化极其严重。正因为这样的事例，2015年世界卫生组织正式宣布，以后不准以地名来对新疾病命名。

1929年大萧条，直接导致了后边的第二次世界大战，目前看还没有那么严重，核威慑下大家都怕同归于尽。不过2020年刚过去6个月，以后的事情谁知道呢。2008年金融危机，雷曼倒闭引起连锁反应，目前确实没发生类似的标志性事件。而且以美股为代表的资本市场，低位反弹高歌猛进，2008年次贷危机后，美股回到前高花费了5年之久，而这次只花了三个月就创了历史新高。看起来形势一片大好呢。金融市场和实体经济脱节背离的程度前所未见，IMF6月25日发布报告警示，多国央行迅速采取的空前举措带来了金融市场的复苏，但是同时警示金融市场与全球经济形势的脱节，以及家庭和企业债务负担，可能威胁经济复苏。

不过特朗普显然不这么想，选战在即，还得发力。当地时间6月25日，美联储、美国货币监理署和联邦存款保险公司批准了对沃尔克规则的修改，允许银行增加对风险投资基金的投资。货币监理署和联邦存款保险公司还取消了银行在与其关联机构交易衍生品时必须持有保证金的要求。美联储宣布，沃尔克规则的修订完成，将于10月1日生效。沃尔克规则由美国前总统奥巴马在2010年公布，内容以禁止银行自营交易为主，包括禁止银行利用参加联邦存款保险的存款进行自营交易、投资对冲基金或私募基金等，旨在回应2008年金融危机后的金融改革呼声。此次美国监管机构进一步放宽金融危机后的限制措施，将为华尔街银行创造更多盈利空间。但批评者认为，美国监管机构放松沃尔克规则，将为华尔街的风险行为提供便利，令金融系统风险增加。

风险和收益，是一个动态转换的概念，过度强调眼前收益，可能造成未来不能承受之重的风险，不过大环境如此，投资者是跟还是不跟呢？不要跟联储作对，这是次贷以来联储无限坐庄的效果，不过这次联储面对的不仅仅是投资者，而是整个实体经济的疲软、下滑甚至中断。人力真的可以逆天吗？反正笔者不大信。引用时下媒体总结的郭树清陆家嘴演讲“灵魂四问”吧：世界上没有免费的午餐，怎么能够让这么多中央银行开动印钞机，去无限量地印发货币呢？“对于美国来说，外债也不是债。”未来真的能够长久持续下去吗？通货膨胀真的能像某种找到特效药的瘟疫一样，在世界经济生活中永远消失了吗？大规模刺激政策进入的时候，四面八方都欢欣鼓舞，将来如何退出？将来的事情，芸芸众生操心也没用，朝哪个方向去是舵手的事，糟糕的是舵手们也不操心。

为了把特朗普拉下马，民主党远交近攻借题发挥，“黑人的命也是命”运动横扫美欧。暴力程度还赶不上20世纪60年代，但对历史文化拔根式的清算犹有过之，真不知道如何收场。《国会山报》25日报道，雅虎音乐的一名编辑琳西·帕克在一篇专栏文章中称，美国国歌《星条旗之歌》带有“明显的”种族主义色彩，“是时候把它替换掉了”。帕克在文中援引活动人士凯文·鲍威尔的话称，美国国歌的词作者弗朗西斯·斯科特·基是一名起诉废奴主义者的律师，他“不相信所有人都有自由”。《星条旗之歌》第三组歌词中的部分段落“那些奴才、佣兵，没有地方藏身，逃脱不了失败和死亡的命运。但是星条旗却将要继续飘扬，在这自由国土，勇士的家乡”带有种族主义特征。帕克援引鲍威尔的话称，约翰·列侬的《想象》(*Imagine*)可以替代《星条旗之歌》，因为“这是你能听到的最优美，最能把不同背景的人凝聚在一起的歌曲。”《星条旗之歌》是美国国歌，歌词取自美国律师弗朗西斯·斯科特·基1814年9月14日所作的诗歌《保卫麦克亨利堡》，乐曲取自英国作曲家约翰·斯塔福德·史密斯所作的《致天堂里的阿那克里翁》。虽然《星条旗之歌》有四组歌词，但现今几乎只唱第一组歌词。看热闹不嫌事大，《想象》确实很好听。

世界如此荒诞，汪曾祺说：“我念的经，只有四个字‘人生苦短’。因为这苦和短，我马不停蹄，一意孤行。”

可男可女　可盐可甜

2020年7月21日

本来没啥精神，刷微博惊着了，随便感慨下。

据法新社4日报道，荷兰教育、文化和科学大臣因格丽德·范恩格尔斯霍芬表示，拟从“2024年至2025年”开始，荷兰公民身份证将不再注明性别，因为性别属于“非必要信息”。荷兰自2018年开始承认第三性别，出生证明上可写“性别未定”。报道还称，取消身份证性别荷兰并非首例，德国自2018年起，身份证同样不标注持有人性别。第一反应假消息吧，搜索了好几个媒体报道，我晕，这个世界怎么了？

人分男女，物分阴阳，一阴一阳谓之道。九阴九阳，那是金庸编的，令人神往的绝世武功。《黄帝内经》曰：“阴阳者，天地之道也，万物之纲纪，变化之父母，生杀之本始，神明之府也。”当然，老外不信咱这个，从科学的角度讲，是男是女是由染色体决定的。人体的体细胞染色体数目为23对，其中22对为男女所共有，称为常染色体（autosome）；另外一对为决定性别的染色体，男女不同，称为性染色体（sex chromosome），男性为XY，女性为XX。在生殖细胞（generative cell）中，男性生殖细胞染色体的组成：22对常染色体+XY；女性生殖细胞染色体的组成：22对常染色体+XX。

当然，生理上的男女和性心理上的男女有时出现背离，那是个人取向的问题，金融民工不讨论这个。只是好奇问一下：如果生理性别这个最本质的区别被认为是“非必要信息”，那还有什么算得上必要信息？年龄、学历无所谓，高矮胖瘦、衣着打扮更不用说，一说就涉嫌歧视，个体与个体不能谈差异，世界大同不远了。关键人不是生活在真空里，或者始终在独立的私密空间，总有些时候参与集体需要分组，上厕所、洗澡、睡觉咋安排？如果不以生理特征区分，而以个人感觉替代，个体或少数人的自由可能会造成多数人的不自由，而且“性别未定”意味着可能变来变去，不要别人觉得，只要自己觉得，如果虬髯客凑过来说，“我觉得我是红拂”，咋整？

没有绝对的标准，但如果没有基本的标准，啥事都没法干，世界就乱了套。

工业革命以来，科技飞速发展，动辄星辰大海，道德逻辑哲学，似乎不进反退。毁灭吧，赶紧的。说有一位哲学家坐在船上无聊教育船夫，“你懂哲学吗？”“不懂。”“那你至少失去了一半的生命。”“你懂数学吗？”“不懂。”“那你已经失去了百分之八十的生命。”突然，一个巨浪把船打翻了，哲学家和船夫都掉到了水里。看着哲学家在水中胡乱挣扎，船夫问哲学家：“你会游泳吗？”“不……会……”“那你就失去了百分之百的生命。”

呵呵。

存不忘亡　安必虑危

2020年8月15日

75年前，1945年8月15日，日本电台播出了裕仁天皇亲自宣读的《终战诏书》，宣布无条件投降。其实不过是75年前的事情，现代人平均的寿命而已，忘却还是纪念。安倍内阁的四名阁僚前往靖国神社参拜，这是安倍内阁时隔四年有阁僚在该纪念日参拜靖国神社，也是第二次安倍内阁成立以来，阁僚参拜最多的一次。当然，现在的主要矛盾不是中日关系。

日本侵华对中国造成的伤害，罄竹难书，史料翔实。推迟了一年下周即将上映的《八佰》，不过是历史长河里的一小朵浪花。看了些评论：《八佰》就商业影片而言是一部好片子，剧情推进、人物群像、战争场面带动情绪等方面都是上佳之作。日军的残暴、英美的绥靖，相信经历了这一年多的形势变化，观众的感触会更多。但是影片前面没有提到守四行仓库的背景是上海七十万军队的大溃败。没有提八十八师“长腿将军”孙元良为了跑路，本来留守四行仓库的一个团，只给留下一个加强营。最后也没提谢晋元率残部撤退进入租界，结果被英国人缴械软禁，最后被收买叛变的士兵刺杀身亡。

无论如何，存亡之际，挺身而出，抵抗是唯一正确的选择。等到“七七事变”爆发时，蒋介石正在庐山开全国各界人士谈话会，核心就是讨论抗日问题。与会人士无论政商军教，除个别人以外基本都表示一致抗日。这个个别人就是著名的文化人——胡适。胡适先是表示对大家能凝聚力量“深感欣慰”，但却反对全面开战，理由是一旦开战，中国将不堪设想，现在来之不易的“国体”也将毁去。那么如何应对日本？胡适提出，政府应拿出最大的努力与耐心，与日本达成一个可以接受的停战协定。问题是，中国可以接受的，日本一定不接受！反之亦然。百无一用是书生，是该给他个白眼。坐而论道之时，倒是可以“少谈些主义，多研究些问题”，生死存亡关头，必须有舍生取义的决心。

书生未必没有勇气，汉有班超投笔从戎，近代最出名的，应该是广东进士袁崇焕驻守辽东。如果不是崇祯自毁长城，皇太极未必能入关，李自成未必能进京，整个近现代史都要被改写了。当然历史不能假设，但偶然与必然，真的很难说清。日本侵华，东北军撤回关内，东三省占得太容易，放弃与德国夹击苏联的选择，叫嚣三个月灭亡中国，可能是“二战”重要的战略转折点之一。

《易经》曰：“存不忘亡，是以身安而国家可保也。”《三国志·吴志·吴主传第二》记载，“八月，城武昌，（孙权）下令诸将曰：‘夫存不忘亡，安必虑危，古之善教。’”

八月未央。

入乡随俗　与时俱进

2020年8月30日

1900年的万国博览会期间，当时米其林公司的创办人米其林兄弟看好汽车旅行的发展前景。他们认为随着汽车旅行越来越兴旺，他们的轮胎就会卖得越来越好，他们将餐厅、地图、加油站、旅馆、汽车维修厂等有助于汽车旅行的资讯集合在一起，出版了随身手册大小的《米其林指南》一书。随后被收录在《米其林指南》里的餐馆，就可以被称作米其林餐厅。到了今天，米其林指南比米其林轮胎的影响力可大多了。类似于1954年爱尔兰健力士酒厂出版的首部《吉尼斯世界纪录大全》(*Guinness World Records*)，谁都知道吉尼斯世界纪录，健力士黑啤国内不怎么流行。本来是为了促进主业发展搞的副业，结果副业比主业还红火，所谓“有心栽花花不发，无意插柳柳成荫”。为了对抗《米其林指南》的话语权，携程搞了美食林精选榜，大众点评搞了多维度的排行榜，核心就是一个意思，中国人的胃中国人最了解，不能让老外牵着鼻子走。确实是这么回事，力所能及的范围内，米其林餐厅也吃过几次，有的还不错，有的就一般。竞争的结果，米其林也开始发布内地排行榜，“大董”未能折桂拂袖而去，家门口的“萃华楼”也评上了一星。总之，要紧的是，俺们翠花美不美，烩酸菜是否地道，不能别人说了算。

这个问题很重要啊，从饮食男女，到经济金融，兹事体大。说是Libor报价科学应用广泛，很学了一阵子费劲搞了Shibor，现在Libor因为操纵丑闻要被弃用替代了，这才几年的事情啊。资产扩张不是啥本事好吗？投入了得看风险调整后的回报，回头资不抵债了，为了挣利息中收，本金都出风险了，所谓捡了芝麻丢了西瓜。债券债务拎不清，标与非标缠夹不清，鸡同鸭讲左灯右行。一整还在英语国家开车溜着呢，右舵左行还是左舵右行，本身不是什么原则问题，但非要论证右舵左行才是国际惯例，在左舵右行的地方就别上路了，否则一顿操作猛如虎，仔细一看原地杵，挂不上挡问题不大，逆行会出大问题的。

对比国际国内市场，说是法制健全责任清晰，突然想起几天前的新闻。由于美国花旗银行误向Brigade资本管理公司转账了大约1.75亿美元（约合12亿元人民币），而收到意外之财的这家对冲基金了解实情后却至今不还钱。当地时间8月18日，花旗在纽约南区法院提起诉讼，要求Brigade资本还钱。一向被认为严谨靠谱的德国人，其支付巨头Wirecard财务造假，规模是“安然事件”的四倍。今年6月，接受审计的Wirecard被发现19亿欧元（约合157亿元人民币）现金余额下落不明，最终公司承认这19亿欧元根本不存在。德国证券交易所表示，计划本月晚些时候将深陷财务欺诈丑闻的支付公司Wirecard从德国蓝筹指数（DAX30）中移除。在资本市场，美国的“安然事件”早已成为会计造假的著名案例，今年瑞幸咖啡的22亿元人民币虚假交易也令外界惊愕。Wirecard的19亿欧元造假规模，相当于四倍的安然、七倍的瑞幸，已然成为德国的一大财务丑闻，两大信用卡机构Visa和万事达已准备终止与Wirecard的合作。

所以瑞幸这个事，肯定不对，影响也不好，但上纲上线其实没啥意思。8月28日，2020亚布力中国企业家论坛第十六届夏季高峰会“大考下的中国企业”在青岛召开。新东方教育科技集团董事长俞敏洪在会上表示：“不管有没有各种情况发生，企业是否坚持了正确的道路，才是你今天能否立足的根本。投机的企业或者是编造了虚假数据的企业，在这样的大考中间都是过不了关的。瑞幸咖啡就是一个典型的例子，挺丢中国人的脸。”最后一句话有点多余，瑞幸代表不了中国企业，俞总也代表不了中国人，代表中国人乃至亚洲人向联合国秘书长提问的那位，风流已被雨打风吹去。

先得入乡随俗，然后与时俱进，所谓变与不变，拿捏才见水平。先秦・庄子及门徒《庄子・山木》讲：“入其俗，从其令。”意思是每到一个地方，就要遵从那里的习惯与禁忌。通俗地说就是“到什么山唱什么歌”。主席在《反对党八股》里说得好：“俗话说：‘到什么山上唱什么歌。’……我们无论做什么事都要看情形办理，文章和演说也是这样。”又说：“看菜吃饭，量体裁衣。”入乡随俗不是故步自封，还要与时俱进引领风尚，最起码不要开历史倒车。大人虎变，小人革面，君子豹变。努力变成凤凰，才有百鸟朝凤。

云散月明谁点缀？天容海色本澄清。

君子豹变　其文蔚也

2020年8月31日

8月28日，安倍晋三宣布因健康问题辞去日本首相一职，辞职理由是其“溃疡性结肠炎”（有说大肠炎）正在恶化。2012年12月，安倍再度担任日本首相至今已近8年。据报道，安倍自中学时代起就经常腹痛，大学期间确诊为溃疡性结肠炎，是多年未愈的宿疾。溃疡性结肠炎，顾名思义，就是一种结肠的炎症，但又不同于普通的结肠炎，其特点是炎症局限于结肠的黏膜层，炎症发作和缓解交替出现，可以累及整个结肠，包括直肠。这个病最常见的症状是腹泻，可能带血。但是随着疾病的累及范围，可能会出现排便次数增多，达到每天4次以上，甚至超过10次。这让人会非常痛苦。另外，如果病情严重的话，还会出现全身症状，比如发热、贫血、休克等。还有一个特点就是，通过治疗可以得到长时间的缓解，但仍难免间歇性加重，也就是可以很长一段时间啥事都没有，然后又突然发病。

这个病的具体原因还不知道，这也给治疗带来了困难，因为不能针对原因治疗，往往不能根治只能控制症状。一些危险因素可能诱发溃疡性结肠炎，比如遗传、吸烟、滥用抗生素、失眠、压力大等。由于准确原因还找不到，所以医生们只能针对症状进行治疗，这也就是医学上的对症治疗，比如控制炎症以减轻痛苦、切除病变的结肠等。和其他病症比较起来，溃疡性结肠炎患者的死亡率稍高一点点也会增加结肠癌的风险。有一项研究表明，20年以上的溃疡性结肠炎，结肠癌发病率是2.5%，30年则是7.6%。后面再说这个病。

先继续说安倍。1954年安倍出生于一个显赫的政治世家，家中高官频出，除了外叔公外，其父安倍晋太郎在20世纪80年代曾担任日本外务大臣。截至2020年8月24日，安倍晋三“连续在任首相天数”达到2 799天，超越前首相佐藤荣作（其外叔公），创下新纪录，正式成为日本首相“数据王”。2 799天，其实还不到8年，在其他国家尚不满两次任期，但在日本却已经破了纪录，可见日本首相之位更替之频繁。“二战”后的75年里，日本经历了55任首相，平均任期不到17个月。而从安倍两次上任之间的2006年至2012年，日本在6年时间里，更换了7任首相。所以，安倍打破这个纪录，十分不易，很了不起。

“7年又8个月，为了出成绩我倾尽全力，但仍然存在不少的问题。尽管还有很多的政策还未实现，但不能让我个人的健康状况和治疗耽误政治决策，对于辞任一事，我对国民致以诚挚的歉意。”当地时间8月28日傍晚5时，日本首相安倍晋三准时步入了首相官邸的新闻发布会现场，正式宣布了自己辞任的消息，安倍的任期原定于2021年9月结束。辞任的原因是旧病复发，安倍表示在今年6月定期体检时，发现了旧病复发的征兆；后在8月上旬确诊为溃疡性结肠炎复发。这其实是安倍第二次辞去首相一职，2006年9月26日，安倍当选第90代日本首相，成为“二战”后日本最年轻的首相，但在其任职366天后，安倍因溃疡性结肠炎辞去首相一职。

在暌违政坛6年多后，安倍再次问鼎日本政坛最高位，于2012

年年末出任日本第96代首相。这次他带来了“安倍经济学”，希望让日本经济摆脱“通缩心态”，重回增长的轨道。第一阶段的“安倍经济学”（2013—2015年）包括大胆的金融宽松政策、积极灵活的财政政策和放宽管制、促进民间投资的成长战略。直接效果是日元两年内贬值20%；汽车等出口型企业业绩显著好转；众多出口企业占据的日经225指数也显著上涨，日经225指数从2012年的万点以下一路上升，目前已重返两万点上方。

在2015年9月份，安倍晋三推出了“新三支箭”，包括萌生希望的强劲经济、编织梦想的生育支援及安心的社会保障。“新三支箭”更为重视解决结构性问题，比如总和生育率已止跌回升到1.4人左右。有分析指出，“安倍经济学”一定程度上活化了股市和不动产市场，提振了大企业的出口，入境海外游客数量大增，把日本从负增长边缘拉回了成长的轨道，并创出了“二战”后最长的经济增长纪录。

但日本经济也有很多“安倍经济学”无能为力的问题。据日本总务省今年4月14日公布的数据显示，初步估算，2019年（数据截至2019年10月1日）日本总人口（包括外国人）约为1.26亿，比2018年减少27.6万人，连续9年减少，跌幅为1950年以来最大。2020年几乎抹去日本自“安倍经济学”实施以来的所有增长，安倍的支持率也是持续下探。截至今年二季度，日本经济已连续三个季度负增长；过去四个季度实际GDP的总规模缩水至485万亿日元（约合4.85万亿美元），为2011年二季度以来的最低水平。自安倍执政以来，他一直希望修改《日本国宪法》（又被称为《和平宪法》）第九条。在今年1月的自民党集会上安倍说“修宪是历史使命”，呼吁举全党之力实现修宪。“安倍的一大政治理想就是修宪，希望日本实现大国外交，也就是‘地球仪’外交。日本修宪其实在其本土及国际社会都是较难实现的事情。”因病辞任，安倍终于还是留下了遗憾。

随着安倍的辞任，谁来接替他的位置成为新焦点，日本执政党自民党将在9月举行总裁选举，届时选举出的新党首将成为安倍的接任者，目前自民党政调会长岸田文雄、干事长石破茂及内阁官房长官菅义伟等为有力人选。领导人保持相对稳定其实很重要，否则换手如换刀，快不快很难说。无论啥体制，起决定作用的都是人，看看自特朗普上任后，基本和奥巴马反着来，还谈什么政策连续性。经历过沉浮，二次三次出山的明显干劲更大，更能洞察人性。虽然已经21世纪了，其实还是丛林法则，跟树上的猴群差别不大，往下看虽然都是笑脸，至少得分清真笑假笑，往上看虽然都是屁股，为了理想信念老虎屁股也得摸。总之一句话，安倍是创了纪录的，历史上会留下重重的一笔。

一些媒体用“君子豹变，其文蔚也”形容安倍，安倍也配得上这句好词，这句话是由《易经》革卦“大人虎变，小人革面，君子豹变”演变而来。所谓“君子”，指的是有文化、有教养、有立场、有品格、有担当的人。“君子豹变”就是说，一个人需要多学习、多观察、多体会，才能实现“豹变”。要想从丑陋到美丽，从幼小到壮大，从无知到有知，逐渐成为一个有品质的人，需要慢慢蜕变。像小豹子刚出生时毛茸茸的，长大脱毛后皮肤变得光滑，并且拥有美丽的斑纹。话说莫文蔚名字起得好啊，豹纹真不是谁都能驾驭得了的。

说起豹子，噩耗传来。美联社刚刚消息称，电影《黑豹》男演员查德维克·博斯曼罹患结肠癌去世，终年43岁。博斯曼的家人在他的推特账号上公布了这一消息，“我们怀着无限悲伤，确认查德威克·博斯曼已经去世”。英国广播公司（BBC）称，博斯曼当天在家人的陪伴下于洛杉矶家中去世，他已患结肠癌长达4年时间。2018年，查德维克·博斯曼因在漫威的《黑豹》中饰演非洲神秘国家瓦坎达的国王特查拉，同时也是黑豹的继承者而走红。《黑豹》斩获了13亿美元的全球票房收入，被认为是黑人电影的里程碑之一，获得7项奥斯卡提名。

查德维克·博斯曼，1977年出生于美国纽约的布鲁克林区。高中毕业后，他就读于华盛顿的霍华德大学，并取得美术专业的学士学位。随后，他进入英国牛津的英国戏剧学院学习。起初，查德维克·博斯曼想要成为一名作家和导演，他在纽约哈莱姆区的研究中心，花了大量时间去研究非洲裔美国人的历史，但他最终决定做一名演员。博斯曼完美演绎了君子的成长。出身普通，但是经过自己修养、求知，最终像成年的豹子一样，矫健而智慧，力与美合一。真是天妒英才，结肠炎结肠癌，哪个都够难受的。

《无间道》讲，事情改变人容易，人改变事情很难，世事大抵如此，所以识时务者为俊杰。人变成什么样子，往往不光取决于自己的意志和努力，外界环境和经历对人的改变更大，一个人最终意志和状态的形成，有时候是因为一个人，有时候是因为一件事，有些时候是因为长时间的耳濡目染。不一而足不可一概而论。爱可以改变很多东西，而经历对人的改变最大，信仰则具备对人重新塑造的能力。当然很多时候，改变是被动而不可逆转的接受。但是凤凰涅槃，仍然还是凤凰，如果破茧成蝶，到底是茧是蝶？当然死猪是不能扶上树的。

活猪还是有用处。当地时间8月28日，马斯克的脑机接口公司Neuralink进行了一次技术演示，展示了一头被植入Neuralink设备的猪。这头猪名为格特鲁德，已经被植入设备2个月。观众们可以看到这只猪的实时神经信号。马斯克称，Neuralink设备可读取大脑活动，帮助解决许多神经系统问题，例如记忆减退、中风以及成瘾等。Neuralink推出的新设备，通信能力提升百倍，又尺寸极小易于植入，在技术上是一个重要突破。新版本的脑机接口尺寸更小，性能更好，和Apple Watch等智能手表一样能够待机一整天，在你睡觉的时候无线充电。马斯克表示，目前的脑机接口可支持1 024个信道（之前的设备只能做到6~8个），而且可以安全地植入多个，尺寸为23mm × 8mm，植入后紧贴颅骨，位置稳定且隐蔽，不容易伤害软组织。“我现在可能就装了个Neuralink，但你们不会知道的”，马斯克说。《奇葩说》辩论过的题目，以后大家都不用学习了，需要什么知识（信息），联网一搜分分钟据为己有。会有这么一天吗？放心吧！永远都不会有的。了解信息，掌握知识，具备解决问题的能力，这是不同层次的问题，不是人机交互就能解决的。你联网一搜，到底是结肠炎还是大肠炎？并没有定论。去哪里检查？说不定给你支莆田系了。

不要温顺地走进那良夜　暮年也应在黄昏中燃烧

2020年9月13日

去电影院刷了诺兰的新作《信条》，对笔者这样的年龄、职业、知识背景来说，实在是跟不上节奏。当然，诺兰大神的片子，就没有个好懂的，烧脑是必然，别发烧就行。“我是克里斯托弗·诺兰，一个典型的英国人，像我的前辈希区柯克那样，不仅是一个导演，也是一个拥有奇想能力的人。”这是1970年出生的诺兰对自己的评价。诺兰的十几部片子，早期（2000年前）的几部短片《塔兰台拉》《盗窃罪》《蚁岭》，影响较有限，也没有看过。

2000年，来到好莱坞发展的诺兰指导影片《记忆碎片》，该片改编自诺兰的弟弟乔纳森·诺兰的短篇小说《死亡象征》。影片获得了独立精神奖的最佳电影剧本及最佳导演奖，圣丹斯国际电影节的最佳电影剧本奖，广播电影协会的最佳电影剧本奖，以及金球奖和奥斯卡奖的最佳电影剧本提名。

2003年，诺兰指导拍摄商业漫画电影《蝙蝠侠：侠影之谜》，同时获得了漫画迷和评论界的如潮好评。2008年7月18日，执导电影《蝙蝠侠：黑暗骑士》上映，该片上映一个星期就打破美国多项票房纪录。最终获得10.82亿美元的全球票房，成为全球第四部票房超过10亿美元的电影，也是第一部票房超过10亿美元的超级英雄电影。2012年7月20日，执导蝙蝠侠终结篇《蝙蝠侠前传3：黑暗骑士崛起》上映，该片美国境内票房入账4.31亿美元，海外票房5.74亿美元，总计10.05亿美元，成为影史上第13部票房过10亿美元的影片。《蝙蝠侠》三部曲重塑了超级英雄形象，赢得了口碑和票房的双丰收，毕竟脱胎于漫画，相对比较好理解。电影中小丑的形象过于生动深刻，以至于蝙蝠侠都黯淡了。希斯·莱杰凭借小丑一角拿下第81届奥斯卡最佳男配角，他为了揣摩小丑这个角色，曾把自己关在房间几个月重复模仿小丑的舔嘴唇、捋头发等动作，遗憾的是希斯·莱杰入戏太深，影片未上映（2008年1月）即因抑郁过量服药而死，年仅28岁，令人扼腕叹息。

2010年，执导以梦境为主题的科幻电影《盗梦空间》。该片获第37届美国土星奖电影类最佳导演、最佳编剧等奖。2013年执导由他的弟弟乔纳森·诺兰编写的剧本《星际穿越》，该片概念来自于加州理工学院的物理学家基普·S.索恩。

2016年执导电影《敦刻尔克》，改编自历史上著名的军事行动敦刻尔克大撤退，讲述的是英法联军40万士兵被德军包围在港口城市敦刻尔克，英国首相丘吉尔如何把他们接回英国的故事。这是诺兰导演首次尝试历史题材，全片采用IMAX胶片拍摄，开辟了行业的先例，而且诺兰的原则是能不用特效就不用特效，所以敦刻尔克的场景基本都是实拍的，运用大量第一人称视角，让人身临其境。《敦刻尔克》横扫三项奥斯卡大奖，但其实战争场面很克制，既不血腥也不宏大，配乐令人印象深刻，闭眼听也能感觉到走投无路的绝望恐惧。

时空穿梭类型的片子，都不大好理解，与早期《盗梦空间》《星际穿越》相比，《信条》更加不好理解，不止是穿梭交错，感觉重叠错乱了。有评论说：“观众不接受这样的新概念电影模式，就是诺兰的代价。同样，他也不在乎。记者：你会担心观众看不懂片子吗？诺兰：其实就……去他妈的吧，爱咋咋地。”就像《致命魔术》里特斯拉问安吉尔的问题：“你考虑过这样一台机器的代价吗”？特斯拉忧心忡忡：“我看得出来，你着魔了，不会有好结果。”安吉尔一意孤行：“要是你懂什么是着魔，就会理解我不会改变。”穿越时空为了信条、为了爱和爱的人而奋不顾身，是这几部电影共同的主题。只是很困惑：如果真的存在平行世界，是非善恶还有什么意义，那不过是一个时空的状态而已。只有时空是单一而不可逆的，为爱与信条不顾一切才有意义。祖父的悖论何解？实在是一头雾水。

随想感慨下，并不是影评，超出了笔者的能力范围。还是谈谈诗吧。《不要温和地走进那个良夜》是英国诗人狄兰·托马斯创作于20世纪中期的诗歌，表达了诗人对于死神将可爱的人们带离这个世界的愤怒，即“怒斥光明的消逝”。有不同的译本，意思都差不多：

不要温和地走进那良夜，
老年应当在日暮时燃烧咆哮；
怒斥，怒斥光明的消逝。
虽然智慧的人临终时懂得黑暗有理，
因为他们的话没有迸发出闪电，他们
也并不温和地走进那个良夜。
善良的人，当最后一浪过去，高呼他们脆弱的善行。

敬胜怠义胜欲　知其雄守其雌

2020年9月18日

凡事要遵循科学指引。不过谁说的才科学？就没有意见一致的时候。媒体报道，特朗普访问加州听取火灾情况汇报。加州自然资源局局长韦德·克劳富特表示，山火不能完全归咎于森林管理不善，并呼吁特朗普政府“与科学并肩合作”，正视气候变化对森林产生的影响。特朗普：“天气会开始变凉，你等着瞧吧。”官员：“希望科学能同意你的想法。”特朗普：“科学啥也不懂。”特朗普还在另一段采访中称干燥树木引起的爆炸导致了山火，“树木变得非常干燥，真的就像火柴棒……它们就会爆炸”。感觉媒体一直在黑老特啊，不过也有媒体报道，在共和党集会现场，有女粉丝高呼“愿为特朗普挡子弹”，真爱啊！

9月15日，美国享有175年出版历史的科学杂志《科学美国人》发表文章，宣布该杂志将在美国大选中支持拜登。文章开篇写道：在175年的历史中，《科学美国人》从未支持过总统候选人。今年我们不得不这样做。我们不会轻率地做这件事。文章指出，证据和科学表明，特朗普已经严重损害了美国及其人民——因为他拒绝证据和科学。该杂志批评特朗普抨击环境保护、医疗保健以及帮助国家准备迎接最大挑战的研究人员和公共科学机构。文章称，相比之下，拜登准备好了改善卫生保健、减少碳排放和恢复合法科学在政策制定中的作用。他征求专家意见，并将这些知识转化为可靠的政策建议。文章最后说，尽管特朗普和他的盟友试图制造障碍，阻止人们在11月安全地投票，无论是通过邮件还是亲自投票，我们克服这些障碍并投票至关重要。现在是让特朗普下台、让拜登当选的时候了。

拜登胜出不说了，如果特朗普连任，美国制度可能都会改变。9月12日，特朗普在美国内华达州举行竞选集会时表示，自己将在赢得2020年大选后“展开磋商”寻求第三个任期。开国元勋华盛顿连任两届后主动卸任，成为默认的惯例。罗斯福在1933年以绝对优势击败胡佛，成为美国总统。因为“二战”的原因，富兰克林·罗斯福一连任了四届，12年又39天的总统，是唯一一位任期超过两届、打破华盛顿先例的总统。为了避免再出现这种情况，罗斯福死后两年，美国宪法第二十二修正案规定了美国总统的任期限制，该修正案于1947年3月21日由美国国会批准提交各州认可，并于1951年2月27日通过。老特是憋着改写历史呢。

看过一篇采访，说是曹德旺办公室里有幅悬挂了50年之久的对联，只有短短12个字：“敬胜怠义胜欲，知其雄守其雌。”据说也是曾国藩的座右铭。所谓敬胜怠，指敬天畏人，偷天功为己有，知敬才不会懈怠。义胜欲，欲是义之下的欲，义是以欲为前提的义。万物要和谐发展，首要处理好义和欲的关系。知其雄，坚守只问勇敢无问西东；守其雌，保持迂回曲折谦虚姿态。

见解眼光跟专业知识，着实关系不大。近日曹德旺表示，2018年发生中美贸易摩擦，2019年全球性经济危机开始酝酿，2020年更厉害。人类透支了未来，各国为保护利益引发了冲突，这是正常的。早预料到2020年会有大拐点，把银行钱都还了，公司报表体系没有负债。公司还有盈利，现在日子还过得很好。远见卓识，令人钦佩。那么多资本大鳄，恨不得拽着自己头发上天，眼看他高楼起，眼看他楼塌了。

“知其雄，守其雌，为天下溪”，最早出自《道德经》。“为天下溪，常德不离，复归于婴儿。知其白，守其黑，为天下式。为天下式，常德不忒，复归於无极。知其荣，守其辱，为天下谷。为天下谷，常德乃足，复归于朴。朴散则为器，圣人用之则为官长。故大制不割。”讲大道理指明方向，做的时候藏私打折，人之常情问题不大。讲歪道理方向错了，以邻为壑丛林法则，危在旦夕祸不远矣。当然最糟糕的是挂羊头卖狗肉，伪君子危害甚于真小人，比如金庸老爷子塑造的岳不群和左冷禅。

不为五斗米折腰，五十斗？好商量！五百斗？咋都行！根本在于原则初心不改，而不在于纠结知雄守雌。既要坚持原则，又要懂得示弱，这不自相矛盾吗？铁肩担得道义，怎会曲意逢迎。君子坦荡荡，不会装孙子，那是两面人，小人长戚戚。照猫画虎，不要似是然而非，南辕北辙，不能左灯而右行。

似是然而非　左灯却右行

2020年9月19日

年初，一篇发表于期刊《冰川冻土》的论文引发社会热议。文章作者徐博导在写作生态经济学集成框架的过程中，阐述论证“导师的崇高感和师娘的优美感”。文章全篇，作者都在夸导师和师母的光辉事迹与崇高品性，加上各种人生感悟。文章结尾，作者还写了打油诗再次夸赞导师与师母，“导师上海人，国栋之名实，手持倚天剑，学海驾云涛；师娘慈溪女，容德美如玉，守着芙蓉剑，厨房舞翩跹”。据作者说虽然是研究自然科学的，但思路开阔爱好古诗词。这个吧，倚天剑，其实不吉利，“倚天一出，谁与争锋”，那是要见血的。芙蓉剑，大有来历。汉袁康《越绝书·外传记宝剑》载：越王勾践有宝剑名“纯钧”，相剑者薛烛以“手振拂，扬其华，捽如芙蓉始出”。唐卢照邻《长安古意》诗：“相邀侠客芙蓉剑，共宿娼家桃李蹊。”手持芙蓉剑的侠客在哪聚会？共宿娼家。这是有意呢无意呢还是故意呢？不知如果师父师娘了解作何感想。用君子剑、淑女剑不是挺好嘛。如果是在私人场合或领域，爱怎么夸怎么夸，别人也不好说啥，但在期刊发表，占用公共资源，公器私用不合适，道理不言自明吧。博导不会不懂的，为啥还要这么干，因为寻常而普遍，网民不举就没人究。

9月17日，国家自然科学基金委员会官网（下称“自然科学基金委”）发布《2020年查处的不端行为案件处理决定（第一批次）》公示。经调查，作者徐中民因在国家自然科学基金项目申请书中提供大量虚假信息，撤销2011年获资助基金重大研究计划重点支持项目“黑河流域生态—水文过程集成研究”（批准号91125019），追回已拨资金，取消徐中民国家自然科学基金项目申请资格2年（2020年7月7日至2022年7月6日），给予徐中民通报批评。不赘述。

徐博导曾在1月13日告诉南都记者，他的科研思路是“理解向上和向下的不对称，彻底搞清发展和配置的区别”，不理解他的研究框架的人不应该谩骂，“科研需要想象的张力”“科研是孤独漫步者的遐想”。徐说一般人只看到“导师的崇高感和师娘的优美感”就炸毛了，但这个其实和他自创的“四位一体”研究框架理念是对应的。他在文中勾勒出了共同的发展之路，作为个人未来的图景，他对共同的发展之路进行了严谨的科学推导，这是在充分认识到问题的两面性的作用下完成的。可将人生之路划分为自我认识、形成新的正反馈环，自我控制和自我实现四个阶段。并且文章灵感是来自于康德的《论优美感和崇高感》！作为一般人，生态水文是没啥研究，康德的文章生平还真是看过一些。

说起来得感谢大学时一位年轻讲师开的《现代西方哲学》选修课，已经想不起老师名字，或许从来没有记得，但却是对个人影响最大的老师。不知在二十多岁的时间触动了哪根弦，打开了哲学之门，以至于经常逃课去图书馆看各类哲学书。哲学是无用之用，很长一段时间神游物外，好像那学期“统计学”还是“审计学”补考了。多年以后分管的业务数万亿几万笔，审计署检查三个月零出单，应该是绝无仅有的纪录。考试和实践，那是两回事。而哲学是道，不像英语八级、CFA证书是看得见的技术，术很重要我不大行，道是根本终有其用。孔子说：“道之以德，齐之以礼，有耻且格。”蔡元培讲：“若无德，则虽体魄智力发达，适足助其为恶。”所谓失格。徐自己说：“我是一个理科生，当年高考语文只考了五十几分，不过后来自己慢慢看书，记忆力又不错，所以慢慢积累起来了。我认为做科研去勾勒未来的时候需要想象力，而古诗词意境就很好，内容很有想象力。我还特别喜欢历史，历史眼光可以拓宽视野，我从初中就开始翻看《资治通鉴》。”都忙着查找翻看钻营术了吧。

话说康德老先生，提出过一个著名的规则：一个人可以不结婚。康德终生都在践行这个规则。不过康德的结婚一词是很暧昧，其结婚并非单指婚约的法律形式，可能是指性生活。如果这么理解的话，这句话是，一个人可以没有性生活，如果康德的准则会成为那时人们的准则，那就没有现在了。所以，康德是有局限性的。康德一生既没有婚姻，据说也没有性生活，成为了世界哲学史上最著名的光棍。因为康德哲学枯燥而晦涩，康德成为了高深的代名词。由于对康德哲学越来越陌生，康德被神化，其终身未婚也被神秘化了。

康德还说，他需要女人的时候，养不起；在他养得起的时候，他已经不需要了。其实到底是不是康德说的，很难考证了，不过这句话被引用的频率很高。事实证明，不管是怎么艰难刻苦的历史阶段，还是具有丰功伟绩的君主，或者是影响全世界的思想巨人，人们真正感兴趣并口口相传的，未必是重大事件和思想精髓，更多是这些历史阶段或人物的风流韵事。多数人不会关心康德的形而上学，更加关注他的私生活，比如康德终身未婚，每天走固定的路线，从家到学校，邻居拿他的节奏当钟表。康德对两性关系的论述多是常识问题，比如人有性本能，这种行为是销魂的，性关系可以繁衍后代，大多数婚姻存在性关系。这些问题还需要康德去论证吗？引用康德两性关系的论文似如隔靴搔痒。康德针对此问题探讨的深度，估计还赶不上韦小宝他妈。没有实践的发言苍白得很，所以浪漫的王小波爱引用罗素，罗老先生一生艳福不浅经验丰富。

康德在《论优美感和崇高感》里说："女人会使男人眼光狭窄。在一个朋友结婚时，便是你失去这个朋友的时候。"这句话是有背景的，当时康德有一个富商朋友，叫雅各比，51岁的时候娶28岁玛利亚为妻，时间一长，玛利亚对丈夫失去了兴趣，和大她三岁的格施恩偷情，格施恩和康德也是非常好的朋友，康德、雅各比和格施恩是在一起经常喝酒聊天的哥们。由于格施恩和玛利亚偷情，雅各比和玛利亚离婚了，玛利亚嫁给了格施恩，导致康德和格施恩断绝了来往。写下这句话的原因就是这个偷情故事。所以光看书名就照猫画虎，容易被带到沟里去。望文生义知其然不知其所以然很荒唐。

刻舟求剑　掩耳盗铃

2020年9月23日

两个成语中学都学过，不掉书袋扯啥出处了。为啥用作题目，因为层出不穷。网络流行谐音梗，说有个人问路，热心人指路。“师傅，前面两条道，您走弯道别走直道。”“好，知道。”“不是直道，是走弯道。”“知道知道。”“不是直道，是弯道！”到底知道不知道，绕口令整迷糊了。现实讨论问题，经常整成这样。

屡战屡败和屡败屡战，完全两个意思和后果。即使同一个词，也会有歧义。想起30年前上大学的时候，学生食堂晚上变身咖啡厅，给学生们提供勤工俭学的机会。外校的老乡来找我，吃过饭喝过酒说来杯咖啡吧，服务生学妹问：“要糖要伴侣吗？”哥们儿愣了好几秒，问我“你要不要”，我说“我不要”，他说“我也不要”。等学妹走了，哥们儿凑过来问我，你们学校可以啊，喝咖啡还有人陪。我晕！雀巢速溶咖啡，配植脂末好嘛。那是20世纪90年代初，都没见过啥世面。

过了十来年，忘了次贷前还是后，有一阵子来了个咨询公司，说要打破部门银行痼疾，处室改成TEAM（团队），处长改成高级经理，效率就提高了。看上去来宣讲的小姑娘，职业套装也掩不住心虚，忍住了没提问，换汤不换药，叫生产队长有啥影响。管理管理，管的是人，理的是事，两手抓两手都做到位，自然无往而不利。阿里系都取名天猫蚂蚁啥的，马云据说自号风清扬，开会的会议室叫光明顶，不是小动物就是出自金庸武侠，如日中天影响啥了？透过现象看本质，抓住要害知道要点才重要。

这两天陈东升一篇《战略决定一切》的文章很流行。文章讲："战略是所有组织解决往何处去的首要问题。不论是一个国家，还是一个企业都是如此。中国这些年取得的成就和企业的蓬勃发展，1978年开启的改革开放居功至伟。而改革开放的本质，是国家战略转变为以经济建设为中心。有了这个战略方向的根本转变，才有了后续一系列的改革，并建立起社会主义市场经济制度和体系，推动不同类型企业特别是民营企业的发展壮大。"文章讲得很好，题目略有瑕疵。战略决定方向最重要，策略执行也很重要，这是个系统工程，举例子说明下。

法国特别是巴黎人民游行示威是有传统的。18世纪末，巴黎旧城道路呈环状分布，街头拐角、窄巷特别多，为暴民们修筑街垒提供了方便。所谓街垒，就是用砖石、沙袋、车辆等杂物修筑的战斗障碍物，就像电影《悲惨世界》里一样，因街垒政治引发的内讧，严重危害了法国政令的统一，也使前方法军屡次败给外敌。为了破除街垒政治，当时的政治新星——拿破仑站了出来。1795年5月，保王党人利用巴黎市民对热月政府的不满，发动大规模暴动，力图恢复波旁王室。暴民们四处修筑街垒，试图绞杀新生的革命政权。然而拿破仑当机立断，直接拉出了40门大炮，毫不留情地猛轰暴民的街垒，仅一个小时，遍布巴黎的街垒几乎全部被毁，而叛乱也遭到了镇压。炮轰是降维打击，正确的战略选择，策略细节不需要太精确。到了19世纪中期，拿破仑的侄子——拿破仑三世取代法兰西第二共和国，重建法兰西帝国。为了防止巴黎市民暴动，拿破仑三世决定对巴黎进行一场彻底的改造。到了1870年，巴黎改造大体完成，将此城由狭窄、肮脏的地狱，变为由“宽阔的林荫大道、笔直的放射状道路、星形交叉路口”构建的美丽之城。设计师奥斯曼的绝妙规划不仅让巴黎变得更美，也让街垒暴动从此消失。狭窄拐弯的道路消失了，取而代之的宽阔笔直的道路让街垒的修筑变得十分困难，而镇压暴动的马队却可利用道路迅速赶到现场。此外，笔直的道路也方便大炮的轰击。对此，奥斯曼自己也直言不讳地说：“炮弹是不懂拐弯的！”这是从根本上解决问题。

偶然或细节也可以决定成败，小男孩于连撒尿浇灭导火索，拯救了布鲁塞尔成为第一公民，类似的书和例子比比皆是，唯一一次把国足带进世界杯的米卢还说过“态度决定一切”，还有本畅销书叫《只有偏执狂才能生存》，名人名言这么多，到底听谁的信谁的？那得具体情况具体分析，运用效果取决于运用的人，总之不能刻舟求剑、掩耳盗铃。顾左右而言他，绕圈子的原因，是不能深入具体。比如只管买，根本没想着卖，说是没人没系统，那当初是咋买的？买了就没打算卖出去，更别说赚钱卖出去，那不叫投资，那是去买单。为啥买单积极？这里面的道道，就不方便说了。比如一整就扯啥买方卖方，好像是什么专业词汇，其实跟《甲方乙方》意思差不多。你求客户，你是卖方乙方，客户求你，你是买方甲方。机构也好，业务也罢，关键在于谁求谁，不能孤立静止地看。投资一般来说是甲方，你求发行人多分点儿少分点儿，变乙方了。再小的交易对手，主动分销给他，他买方你卖方。客户想从你这儿分销紧俏货，他卖方你买方。客户主动委托你，代客业务。你主动招徕客户，做市报价。概念有重叠交叉。研究报告供内部使用，买方研究。发给客户求点赞打赏，卖方研究。客户爱看不看，算第三方吧，中介机构。就这么点儿事，二十年整不明白。关于集中度，打麻将需要四个人，凑一桌饭总得十个八个，“三国演义”演不下去。讨论分析这问题还需要理论吗？会数数就行。

独鹤不须惊夜旦，群乌未可辨雌雄。

就这样子。

白马不是马　秀才遇到兵

2020年9月30日

喜迎双节，国庆中秋同一天，21世纪仅出现4次，比较罕见。上一次是2001年，另外两次要等到2031年和2077年。不过虽然有了超长的8天连休，但其实分开的话是3+7=10，所以实际上少了两天，鱼和熊掌不能兼得，多数情况下是这样。目测这个假期景点的拥挤程度可能超过以往，内循环还是有基础的。

咸吃萝卜淡操心，操点美国的闲心。北京时间9月30日9：00，美国总统特朗普和民主党候选人拜登进行了2020总统大选的首轮辩论。这场辩论时长1小时54分钟，特朗普发言39分06秒，拜登发言37分56秒。辩论在美国“战场州”俄亥俄州克利夫兰的凯斯西储大学举行，双方围绕6个辩论议题激辩。虽然在大学举行，但比大学辩论赛差远了，更没有《奇葩说》或者《脱口秀》有意思。但不仅仅是美国，全世界都关注啊，因为两个七十多岁的老人争夺的是头号强国的总统，影响重大而深远。两人在辩论开场不久就出现了争吵，在特朗普率先插嘴、打断拜登个人阐述环节的发言后，整场辩论就不断发生两人串话，甚至互相咆哮的场面，还不时伴有言语上的人身攻击。特朗普上过真人秀节目，在辩论方面，特朗普的技巧简单粗暴：首先不断插话打断对方的话，让对方无法连贯表达全部观点；其次胡搅蛮缠，避开对自己不利的话题，挑逗激怒对方，让对方失态；第三尽可能地霸麦，不给对方更多的表达观点的机会。拜登表现还行，没有被气晕，基本能接得上茬。

通观整场辩论，感觉比较“混乱”。在辩论中，特朗普多次打断拜登和主持人华莱士的讲话，并且全程充斥着双方互相的人身攻击，使得双方的讨论经常偏离预定的话题。《华尔街日报》记者鲍尔豪斯（Rebecca Ballhaus）评价称，归根到底，这是一场混乱的辩论，整晚都充斥着人身攻击和重复的大喊大叫——有时候是在特朗普和拜登之间，有时候是在特朗普和主持人华莱士之间。鲍尔豪斯认为，相比于特朗普及其盟友之前对拜登的诋毁，实际上拜登的表现要强得多。尽管特朗普对拜登的履历和智商进行了咄咄逼人的攻击。首场辩论的观众中有48%的人认为拜登在当晚的表现强于特朗普；41%的人则认为特朗普更胜一筹；还有10%的观众认为他们打了个平手。不过值得注意的是，观看辩论直播的观众群体中，通常民主党支持者的比例更多。

CNN主持人杰克·泰伯（Jake Tapper）则更直接地形容这场总统辩论就像“火车残骸里着了火的垃圾箱”，完全是“一团糟”。他认为，这场辩论就是一场耻辱，因为特朗普一直在打断别人讲话，没有遵守辩论规则。泰伯在辩论结束发表评论：“我可以向你们确认一件事，那就是今晚所有美国人民都输了，因为（这场辩论）糟透了。”

CNN另一位主持人沃尔夫·布利策（Wolf Blitzer）则认为，这是他见过的最混乱的辩论，而且令人担忧特朗普总统和拜登在今秋晚些时候是否还会举行另外两场辩论。“这肯定会引发很多质疑……关于这两位总统候选人之间未来的两场辩论。”他猜测，鉴于今晚的混乱局面，两位总统甚至有可能之后不会再进行辩论了。

按照计划，特朗普和拜登未来还会进行两场辩论，分别于10月15日在迈阿密举行和10月22日在纳什维尔举行。

不过，拜登的竞选团队在辩论结束后的发布会上透露，拜登仍会继续参与剩下两场总统辩论。而特朗普一向的媒体“盟友”福克斯新闻显然对这场辩论有不同的评价。福克斯新闻撰稿人道格拉斯·斯科恩（Douglas E.Schoen）表示：“就我个人而言，总统显然是这场辩论毫无疑问的赢家，他是这场对话的指挥者，是这场讨论的掌控者。”

辩论本来是个技术活，要有观点，要有逻辑，要寻找对方的破绽。战国时期思想家列子作《两小儿辩日》。

> 孔子东游，见两小儿辩斗，问其故。
>
> 一儿曰：“我以日始出时去人近，而日中时远也。”
>
> 一儿曰：“我以日初出远，而日中时近也。”
>
> 一儿曰：“日初出大如车盖，及日中则如盘盂，此不为远者小而近者大乎？”
>
> 一儿曰：“日初出沧沧凉凉，及其日中如探汤，此不为近者热而远者凉乎？”
>
> 孔子不能决也。两小儿笑曰：“孰为汝多知乎？”

道理讲得多好，小朋友多可爱，没有互相谩骂，共同求道进步。

而以诡辩著称的名家公孙龙，提出了“白马非马”和“离坚白”等论点。据说公孙龙出关，守卫说“过关人可以，但是马不行”。公孙龙力证白马不是马，居然说得守卫无言以对，连人带马顺利通关。公孙龙说：“马者，所以命形也；白者，所以命色也。

命色者非命青工也，故曰白马非马。”意思是说，“马”指的马的形态，“白马”是指马的颜色，而形态不等于颜色，所以白马不是马（白马非马）。这个诡论非常有意思，就像女朋友不是朋友一样，具有极大的迷惑性。守卫也是太老实，听骗了胡搅蛮缠，如果白马非马成立，那么名人也不是人，连人带马都得扣下。玩笑哈。

民调不怎么靠谱，上次特朗普胜出，主流民调希拉里一直领先，英国脱欧公投也一样。有各种各样的原因分析，很重要的一个原因是心口不一，大家都习以为常了。采访问支持边境修墙吗？多数义正词严“那不好，我们是民主国家”，投票却支持“抓紧修最好通上电”。当越来越多的言行不一致，说的尽可能中听，做只看是否有利，民调数据自然不靠谱，应该说是越来越多的个体越来越不靠谱。尼克松因为“水门事件”被弹劾，克林顿因为莱温斯基被弹劾，主流的道德底线是很清楚不可逾越的。特朗普上台后推特治国，权力约束制衡基本不起作用，关于连任后会谋求第三个任期的发言，最近关于避税还是逃税的问题，从性质上讲，如果用尼克松、克林顿时期的规矩衡量，都是严重的问题，但一天天闹剧上演，观众乐在其中满不在乎。没有规矩没有底线，还指望选出好总统？

程序正义和结果正义互为因果，缺一不可。特朗普对决拜登，好比筷子里面树旗杆，都指望不上。如果是克林顿对决奥巴马（那样年富力强的），才有可能造就欣欣向荣的摩登时代。

天若有情天亦老　人间正道是沧桑

2020年10月2日

中国文化讲庚子年，原来寰球同此凉热，对于美国也是魔咒。庚子年的总统，统统没有善终。威廉·亨利·哈里森是美国的第九任总统，创造了一个美国总统史上的纪录——执政时间最短的总统，在位仅一个月，就因肺炎去世，而他正是在第一个庚子年，1840年的美国大选中获胜，开启了“庚子年魔咒”的大门。威廉·麦金莱于1897年担任美国第二十五任总统，于1900年新的美国总统大选中成功连任，因此成为美国历史上第二个在庚子年当选的总统。他在任期间美国经济发展良好，后来发动美西战争，在布法罗被无政府主义者刺杀。约翰·肯尼迪于第三个庚子年1960年，从艾森豪威尔手中接过了美国总统的接力棒，但三年后于1963年11月22日遇刺身亡。说起肯尼迪，想起了梦露，都说往事随风，而历史的裙摆，若隐若现的真相，努力看也看不清。

回望没有真相，往前看更难了。毛主席在1949年写下《人民解放军占领南京》，其中名句：“天若有情天亦老，人间正道是沧桑”。天道无情，天意难测，尽人事，走正道，安天命。

举头望明月　低头攒便士

2020年10月4日

毛姆以高更为原型创作的小说《月亮和六便士》，小说主人公名叫思特里克兰德，思先生原本的职业是在伦敦当证券经纪人，算是一个高级白领。他有一个温柔贤惠的太太，还有两个可爱的孩子，可以说是人生赢家了。在他结婚的第17年，他突然决定放弃眼前的苟且，去巴黎追求诗和远方，实现自己的绘画梦。思先生去了巴黎之后过得穷困潦倒，因为他的画卖不出去，而且他也不随便卖画。后来只好到处流浪，最后流落到了塔希提岛，并且终老于斯。现实中高更是为了躲债、躲凡·高，跑到了最远的法属殖民地，艺术创作嘛，要突出浪漫。不过话说回来，幸亏年初下决心去了趟塔希提，真是很棒，世界乱糟糟，能不能再去真不好说。小说里有名句广被引用："满地都是六便士，只有他看到了月亮。"六便士，代表着世俗中的功名利禄。月亮，代表理想、诗和远方。作为一个俗人，两边都不想弃，世上安得两全法，白天低头攒便士，晚上举头望明月。

《夺冠》里黄渤念叨两次，"杯子为什么能装水""因为是空的"。似乎想表达些哲理禅意，实际效果就像一个段子：有人问高僧"什么是禅？"高僧问"半夜想吃夜宵吗？"答"想吃。"高僧说“这就是馋。”你品你细品，还真有些禅意。话说巩俐出演郎平，那是真的形神俱似，而黄渤演的陈忠和，你想不起来陈忠和。这是最大的区别。

日前马蔚华在《北大金融评论》上发表文章，探讨瘟疫与人类社会发展的关系，并关注近年来频发的瘟疫和气候变暖的关联。他认为，在人类的历史中，由病毒或细菌引起的传染性瘟疫并不鲜见，其中不少还极大影响了人类的历史进程。可以预期，在未来类似的危机难免会再发生。在当下，我们会越来越深刻地认识到，改变旧的发展方式，坚持可持续发展，推动新的商业文明对于拯救这个染病的地球是多么重要。

据俄罗斯媒体RT29日报道，9月28日，埃隆·马斯克在接受纽约时报Sway播客采访时表示，太阳最终会“膨胀并吞噬地球”，因此人类必须前往火星，建立起星际文明。这肯定会发生，但不会很快发生。为确保人类能够在火星长期生存下去，SpaceX公司正在开发的星际飞船将是计划关键。此前有报道称，SpaceX需要生产1 000艘星际飞船才能维持一座火星城市的运转。为了实现到2050年将100万人送往火星的目标，SpaceX每天需要发射大约3艘星际飞船，每次搭载100人。马斯克相信他的公司能够实现这一目标。

我的问题是，如果人类在这么适宜生存的地球上都搞不好，到火星上就能搞好吗？大概率去火星的路上就争夺资源同归于尽了。太阳“膨胀并吞噬地球”似无定论，至少还很遥远，而人类欲望的膨胀，以邻为壑互相攻击是现实的危险，这两天阿塞拜疆和亚美尼亚就打得很激烈。10月4日是世界动物日，世界自然基金会9月发布报告，全球物种灭绝速度不断加快，自1970年至2016年间，全球脊椎动物种群数量平均减少68%。土地用途变化、野生动物贸易等都是加剧因素。保护野生动物，已刻不容缓；没有买卖，就没有杀害。人类的活动成为它们的灾难！而人类，党同伐异，他人即地狱，是彼此的灾难。

病毒体型微小，但它们在生态系统中无处不在。据研究估算，世界上病毒的数目大约是1 031亿个，比宇宙中的恒星总数还要多1亿倍，总重量则与250亿人的体重相当。几乎所有的物种，都会被病毒感染。另一项研究表明，科学家们终于在两类原生生物的体内，找到了它们食用病毒的证据。这意味着，就连“感染一切”的病毒，也会沦为小小单细胞生物的晚餐，在大自然的动态平衡中，没有谁可以成为漏网之鱼。

仰望星空很重要，脚踏实地更重要。火星离得那么远，要去得花不少钱，穷家富路，未雨绸缪，努力多攒路费吧，不要互相折腾了。

这么近那么远　聊聊诺贝尔奖

2020年10月5日

10月5日，2020年诺贝尔奖“开奖周”正式拉开帷幕。

19世纪末，瑞典化学家诺贝尔立下遗嘱，设立诺贝尔奖：“请将我的财产变作基金，每年用这个基金的利息做为奖金，奖励那些在前一年为人类做出卓越贡献的人。”在1901年的12月10日，也是诺贝尔逝世5周年的纪念日，首次颁发了诺贝尔奖。从1901年至今，诺贝尔奖已有近120年的历史，累计颁发597次，共有919位个人和24个组织获得过诺贝尔奖，其中54次授予女性。从20世纪50年代至今，在传统自然科学领域中出现一个明显的趋势——诺贝尔奖得主获奖时的年龄越来越大。科学家也许在年轻时就获得重大发现，但是，成就突出的科学家很多，诺贝尔奖委员会对科学成果的可靠性要求越来越高，通俗地说，评委也不是啥都懂，怕被忽悠了，理论创新要经得起时间和实践的检验，所以通常要等许多年以后才有可能获奖。

2019年4月，*Nature Index* 刊登了丹麦技术大学（Technical University of Denmark）的物理学家拉斯姆斯·比约克（Rasmus Bjørk）关于诺贝尔奖得主年龄的调查结果。比约克根据诺贝尔基金会官方披露的数据，整理了178名诺贝尔物理、化学、经济、生理学或医学奖得主获奖时的年龄，和发表他们获奖成果时的年龄。平均而言，物理学家是最早出成果的，42岁就能进行改变世界的科学发现；然而他们等待的时间也是最长的，平均要再等近24年，才能拿到属于自己的诺贝尔奖项。

根据诺贝尔1895年的遗嘱，最初设立了五个奖项，包括：物理学奖、化学奖、和平奖、生理学或医学奖以及文学奖，旨在表彰这五个领域“对人类作出最大贡献”的人士。1968年，瑞典国家银行在成立300周年之际，捐出大额资金给诺贝尔基金，增设“瑞典国家银行纪念诺贝尔经济科学奖”，该奖于1969年首次颁发，所以从来都没有什么不要回报的赞助。100多年下来，自然科学领域的三个奖项总体争议不大，文学奖和经济学奖争议不断，和平奖的争议那是相当大。比如今年特朗普、拜登、普京都获得了提名，无论谁获奖恐怕都反对者众多，而且从实践到理论，到底是“霹雳手段即菩萨心肠”和平，还是“非暴力不合作”更和平，也很难说清楚。

获诺贝尔奖最多的国家是美国，美国人口占世界人口总数的比例不到5%，获得诺贝尔奖的人数却占全球获得该奖人数的30%以上。德国、法国、日本等发达国家也排在前面。国人还是有些诺贝尔奖情节的，但具有中国国籍的诺贝尔奖获得者屈指可数。2012年10月11日，瑞典文学院宣布中国作家莫言获得2012年诺贝尔文学奖，获奖理由是通过幻觉现实主义将民间故事、历史与当代社会融合在一起。2015年10月，85岁的屠呦呦获得诺贝尔生理学或医学奖，理由是她发现了青蒿素，这种药品可以有效降低疟疾患者的死亡率。她成为首获科学类诺贝尔奖的中国人，值得大书特书。

美籍华人李政道1957年获诺贝尔物理学奖，年仅31岁；同年杨振宁获诺贝尔物理学奖，时年35岁；丁肇中1976年获诺贝尔物理学奖，时年40岁；李远哲1986年获诺贝尔化学奖，时年50岁；

朱棣文1997年获诺贝尔物理学奖，时年49岁；崔琦1998年获诺贝尔物理学奖，时年59岁；钱永健2008年获得诺贝尔化学奖，时年56岁；高锟2009年获得诺贝物理学奖，时年76岁。李政道获奖时31岁，杨振宁35岁，同样天才的邓稼先回国效力，隐姓埋名和钱学森一起搞出了“两弹一星”，更加了不起。

吃瓜群众爱讨论陪跑话题。作为精神分析学派创始人，奥地利心理学家弗洛伊德曾获得33次诺奖提名，其中32次为诺贝尔生理学或医学奖。1936年，法国著名作家罗曼·罗兰还曾提名弗洛伊德为诺贝尔文学奖得主，理由是：“我知道，乍一看，精神分析学家更适合诺贝尔生理学或医学奖，但弗洛伊德的伟大作品，在过去30年间深深影响了文学界。”但弗洛伊德终无所获。陪跑最多的是法国生物学家加斯顿·雷蒙，他在20世纪20年代研制了一种预防白喉的疫苗，当时白喉是导致人们死亡的主要原因。1930年至1953年期间，雷蒙曾获155次诺贝尔奖提名，一无所获。国人熟悉的日本作家村上春树，这些年来一直陪跑，面对外界高涨的呼声与期盼，村上春树却坦然表示：“流芳百世的是作品，而不是奖项。”

好吧，反正村上除了写作，就是爱跑步，还写了《当我谈跑步时我谈些什么》，既有达观的话，“何时何地赢了别人也罢，输了也罢，却不太计较，倒是更关心能否达到自己设定的标准”。也有虚无的话，“终于跑到了终点。什么成就感，根本毫无感觉，满脑子是‘终于不用跑下去了’这样一种安心感”。到底该信哪一个呢？《答案在风中飘》！

2016年诺贝尔文学奖颁给了鲍勃·迪伦，瑞典文学院颁奖的理由是，迪伦在美国歌曲的伟大传统里，创造了新的诗意表现手法。

一个人要走多少路才能真正称作是一个人？

炮弹要飞行多少次才能永远被禁止？
一座山要生存多少年才能被冲进海洋？
一个民族要生存多久才能获得自由？
一个人要抬多少次头才能看清天空？
一个人要长多少耳朵才能听见人们哭泣？

歌是挺好听，单看词的话，就那么回事。不过话说回来，获奖作品不如这个的也有，不能以得奖论英雄。1931年，39岁的美籍华人赛珍珠以自己在中国生活经历为素材，完成了乡土题材的长篇小说《大地》。在这本书中，赛珍珠塑造了勤劳、善良、淳朴的中国农民形象，有力地改变了在西方人眼中，中国人落后、无知、自私的负面形象。此后赛珍珠又创作了《儿子们》《分家》，与《大地》合称为“大地三部曲”。1938年，因为《大地》“对中国农民生活史诗般的描述……真切而取材丰富……对人类的理想典型做了伟大而高贵的艺术上的表现”，当年的诺贝尔文学奖授予了赛珍珠。也许因为她作为一名美国人却描写了中国的历史，并对中国和中国人表现出了由衷的热爱，很多国外作家对她极尽冷嘲热讽之能事，认为她只是二三流作家，她的作品也不入流。美国著名诗人罗伯特·福斯特评价她说：“如果她都能得到诺贝尔文学奖，那么每个人都有获奖的可能。”而中国著名作家鲁迅、巴金等对她评价也很低。即使她帮助老舍翻译作品在国外出版，老舍既无感谢也无赞誉。

所以科学以外的奖项，见仁见智，他人即地狱，写自己的字，跑自己的步，自己做事情自己记录，挺好。

此身非我有　何时忘却营营

2020年10月6日

俗话说身体是干事的本钱，没有健康的身体，啥也干不成。世事如棋，先赢不是赢，成功往往是熬出来的。看看司马懿，不但熬死了诸葛亮，还熬死了曹家三代，身体好活得久如此重要。坐看世界风云变幻，普通人且修身养性。

据说男人需要多巴胺。多巴胺是什么？它是一种能带来能量和动力的神经传导物质，跟愉悦和满足感有关，对身心健康有着至关重要的作用。当经历新鲜、刺激或具有挑战性的事情时，大脑中就会分泌多巴胺，感觉很幸福。从根本上来说，男人需要一定程度的冒险、挑战和竞争，以刺激多巴胺的分泌。

女人需要血清素。血清素是另一种大脑化学物质，早先研究表明它会影响心血管和肠胃等系统的活动，最近研究显示血清素能帮助我们放松心情，认识到生活中的积极一面。血清素缺乏会使人焦虑、抑郁和暴力。多数情况下，造成女性以上症状的原因，主要是饮食和锻炼习惯导致血清素分泌不足。大脑中血清素的含量不仅在抑郁症患者中较低，即使是健康人在寒冷阴暗的情况下大脑内的血清素含量也会下降。

人人需要内啡肽。内啡肽（endorphin）又称脑内啡或安多芬，是一种内成性（脑下垂体分泌）的类吗啡生物化学合成物激素，它是由脑下垂体和脊椎动物的丘脑下部所分泌的氨基化合物（肽），它能与吗啡受体结合，产生跟吗啡、鸦片剂一样有止痛和欣快感的，等同天然镇痛剂的，利用药物可增加脑内啡分泌的效果。人们对内啡肽的普遍认识是从20世纪80年代早期开始的，那个时候，越来越多的人开始发现，每天慢跑能让自己心情愉快、体重下降、身体健康。这一跑步风潮的最大好处就是让我们认识到，体育锻炼能极大地提高我们的愉悦程度和幸福感受。内啡肽是使人感觉喜乐的激素，想要摆脱担心和忧虑就必须得到这一激素的帮助，这是以分泌喜乐激素内啡肽来减轻痛苦的一个生命法则。所以人们把内啡肽这种神经递质叫作“快感荷尔蒙”或者“年轻荷尔蒙”，这是人们涉及最多的一种神经递质。

跑步、爬山、打太极拳等运动可以促进人体大脑分泌内啡肽，最典型的例子是跑步，增加跑步者的愉悦感（runner’s high）。所以朋友圈那么多晒跑步的，又是配速又是跑出了吉利数字或者图案，交钱去不同地方参加半马甚至全马，增加满足感、愉悦感。冥想、静坐、瑜伽等修行，也会提高内啡肽的分泌量，有些人干脆把冥想、静坐、瑜伽等修行者叫作内啡肽体验者，在这种锻炼方式中，获得的愉悦满足感，是他们的高峰体验。

假期余额已不足，于我而言，2020最大的收获是，每天码码字喝杯酒，就可以获得足够的内啡肽。年少时背过的诗词，有了不一样的体会。以苏轼所作《临江仙·夜饮东坡醒复醉》结尾吧。

夜饮东坡醒复醉，归来仿佛三更。

家童鼻息已雷鸣。

敲门都不应，倚杖听江声。

长恨此身非我有，何时忘却营营。

夜阑风静縠纹平。

小舟从此逝，江海寄余生。

今朝有酒今朝醉　管他春夏与秋冬

2020年10月7日

据说，1995年，美国前总统吉米·卡特主持举行第一次世界首脑会议期间，在旧金山举行的一次会议的主题是确定世界“全球化”现状，提出理想的目标，以及实现这些目标的行动原则，并制定实现目标的全面政策。会议得出结论：世界20%人口创造性地工作将足以维持整个社会的运作，其余的80%人口将没有工作，或都做一些重复的简单劳动，没有什么提升空间。当时美国著名的战略家布热津斯基（Zbigniew Brzezinski）提出，要让全球80%“边缘化”的人安分守己，比较好的方法就是给他们塞上一个“奶嘴”，转移其注意力和不满情绪，让他们安于为他们量身打造的娱乐信息中，慢慢丧失改变、提高的欲望和独立思考的能力。

这就是非常出名的“Tittytainment战略”，由Titty（奶头）与Entertainment（娱乐）合成，中文译为“奶头乐战略”。政府通常会对有争议的内容实施管控，然而在“奶头娱乐”的体制中，只要不撼动根本利益，通常可以见到其对于低俗内容的放松。“奶嘴”的形式主要有两种：一种是发泄性娱乐，比如开放色情产业、热闹选战造势、无底限口水战、暴力网络游戏；另一种是满足性娱乐，报导明星八卦、廉价品牌横行、商品优惠活动、视听娱乐大众化庸俗化等。第二类娱乐十分受欢迎，辛苦工作一整天，抱着手机娱乐下，乐在其中，日子一天天过去，昨天今天明天没什么不同。

有大神考证，英文维基百科2010年删除了“Tittytainment”这个词，原因不详，而布热津斯基是不是提出过这个理论，旧金山会议云云，也无实据。这不是重点，重点是“二战”以后的世界，大体上确实是这样运行的，美国流行文化一度风行全球。人们津津乐道于此，因为这和阴谋论的常见论调很类似：这个世界上发生所有的事情，其实都有“幕后黑手”在操纵，试图采用不容易被人察觉的手段，去掩盖其背后不为人知的“惊天大秘密”。在“奶头乐理论”中，全球20%的精英（或者更少）就是那只“幕后黑手”，他们操纵的手段就是生产游戏和娱乐这些“奶头乐”麻痹80%的大众，人们不会因自己的财富和时间被“偷走”而忿忿不平。

不过老美没想到的是，中国人搞这个更擅长。比如被称为美国版抖音的TikTok，Sensor Tower商店情报数据显示，2020年9月抖音及海外版TikTok在全球App Store和Google Play吸金超过1.3亿美元，是2019年9月的7.9倍，再次蝉联全球移动应用（非游戏）收入榜冠军。其中，大约89%的收入来自中国版本抖音；美国市场排名第二，贡献了6%的收入；YouTube以近8 550万美元的收入，位列榜单第二名，较2019年同期增长56%，增速比TikTok差得太远。而腾讯的王者荣耀也在游戏排行榜上名列前茅。流量背后吸的都是钱啊，TikTok这款主打青少年娱乐互动的短视频应用，居然被美国总统特朗普定性为“威胁到了美国国家安全、外交政策和经济”，真是滑天下之大稽。

无论今日头条，还是抖音，都会根据读者的偏好习惯，投其所好有针对性地推送，而张一鸣自己参加论坛，通常都是介绍自己的读书经。快餐文化的大BOSS，自己不爱吃快餐。《奇葩说》最火爆的时候，许知远采访马东。马东说我做严肃深入的话题，首先不容易播出，其次观众不爱看。“这世界上大约只有5%的人有愿望积累知识、了解过去，那95%的人就是在活着。”马东对许知远说：“本质上咱俩是一样的，就你表现为愤怒，我表现为悲凉。悲凉就是无从反抗。”只好缴械投降。

新鲜出炉获得物理诺奖的数学家彭罗斯认为，现实不过是对完美数学真理的扭曲反映，或许量子世界和人脑中神经细胞的运行模式之间真的有着某种精妙的联系，人脑就是最终量子计算机！他认为，自然与复杂而优美的数学之间的这种一致性一直就在“那儿”，时间上远远早于人类的出现，或我们所知的宇宙间任何其他有意识的实体的出现。而美国和德国研究人员认为，地球不一定是全宇宙中最宜居星球，太阳系外有24颗行星可能比地球更适合生命体居住。

同时就职于美国华盛顿州立大学和德国柏林工业大学的教授德克·舒尔策—马库赫牵头这项研究，与德国马克斯·普朗克太阳系研究所和美国维拉诺瓦大学天文学家合作，确定“超宜居”标准，例如行星年龄、质量、体积、表面温度、是否有水、与恒星距离等。他们最终从4 500颗已知地外行星中筛选出24颗“超宜居”行星。不过，没有一颗行星能满足所有“超宜居”条件，但一般能满足4个条件，意味着生命体可能在那里生活得比在地球更舒适。按照舒尔策—马库赫说法，不少人认为地球是全宇宙“最佳行星”，但“我们拥有大量复杂且多样的生命形式，许多能够在极端环境中幸存下来。随遇而安不错，但那不意味着我们什么都是最好的”。

谁知道呢？刷刷抖音吧。

静心思远　抱朴守拙

2020年10月8日

汉语言文字有很多机巧，相信其他的语言不可比。比如回文诗，正读、倒读都可以读通，令人拍案赞叹，虽然文无第一，但最出名的一首回文诗，通常被认为是苏轼所作《题金山寺》：“潮随暗浪雪山倾，远浦渔舟钓月明。桥对寺门松径小，槛当泉眼石波清。迢迢绿树江天晓，蔼蔼红霞晚日晴。遥望四边云接水，碧峰千点数鸥轻。”

回文倒读：“轻鸥数点千峰碧，水接云边四望遥。晴日晚霞红霭霭，晓天江树绿迢迢。清波石眼泉当槛，小径松门寺对桥。明月钓舟渔浦远，倾山雪浪暗随潮。”通体回文，十分精妙。

许多年前读过一个小故事，说是最有名的一句回文，是茶壶上刻着“可以清心也”五个字，从任何一个字开始都可以读通，而且意思差不多：以清心也可，清心也可以，心也可以清，也可以清心。遍查不到出处，怎么没看到刻这五个字的茶具呢？相信没有啥版权问题。还真没有看到过比这五个字更完美精妙的回文句。

泡一壶茶，静心思远，抱朴守拙，看城头变幻大王旗。以史观之，读书历事，行学为官，万丈红尘中，难免世故圆滑，看大千世界，到最后多少人机关算尽，待到他日曲终人散，才知清风盏茶可贵。

抱朴守拙出自《菜根谭》。抱朴出自《老子》，意思是对于一个涉世未深的人来说，他沾染的不良习惯也比较少；而随着阅历加深，城府也随着加深。君子与其处事圆滑，不如保持朴实本性；与其事事揣摩逢迎，不如豁达守住本真。“守拙”一词，出自陶渊明《归园田居　少无适俗韵》，“开荒南野际，守拙归园田”。欧阳修《辞宣徽使判太原府札子》讲：“大抵时多喜於新奇，则独思守拙；众方兴於功利，则苟欲循常。”《红楼梦》第八十四回载：“安分随时，自云‘守拙’。”

“多少长安名利客，机关用尽不如君”，放之如今，慨也叹也！多少人为了名栖栖遑遑、席不暇暖，又有多少人为了利远交近攻、尔虞我诈。正所谓“草萤有耀终非火，荷露虽团岂是珠”。荀子说：“人不知荣辱，乃不能成人。”持清净心，抱一份朴实、守一份拙计，以拙立身，做个朴人。

当地时间10月6日，拜登在葛底斯堡做的演讲刷屏了。一些分析认为，当今美国的分裂几乎达到了当年内战时的程度。在葛底斯堡战役一个半世纪后，民主党总统竞选人乔·拜登在葛底斯堡发表了22分钟的户外演讲，呼吁国家团结。他重引林肯在葛底斯堡演讲中所言，我们的国家已成“自相纷争”之屋。拜登说，这个国家正处于危险之中。信任消失殆尽，希望愈发渺茫。党争不休，彼此视若仇敌。他呼吁：“这一切必须结束。”值得一提的是，在全部22分钟的演讲中，拜登只字未提特朗普。

拜登的葛底斯堡演讲一经发表，在美国社会引起热烈反响。《华盛顿邮报》认为这是拜登职业生涯中最好的一次演讲。特朗普政府前国土安全部高级官员伊丽莎白·诺伊曼（Elizabeth Neumann）说，拜登的演讲“完美地体现了我们所需要的”。《纽约时报》也在昨晚正式表态支持拜登担任总统，称“在无情的混乱中，拜登正在为一个焦虑，疲惫的国家提供一些超出政策或意识形态的东西”，这也正是拜登这篇为人激赏的演讲的核心信息。

译文大同小异，英文好的可以直接看原文，虽然字数时长是林肯所作史上最著名演讲的四五倍，其实核心意思价值观大同小异。强调“团结就是力量”，共建“民有民治民享”。“林肯说：‘这个国家值得我们为之奋斗。’过去如此，现在依然，作为上帝之下的国度，团结一心，不可分割。让我们携起手来，同不公正和不平等、仇恨和恐惧的共同敌人搏斗。让我们做出美国人的样子来，彼此相爱，爱我们的国家，不拆毁，去建造。这是我们对埋葬在葛底斯堡的逝者的责任。这是我们对生者的责任，也是对尚未出生的后代的责任。”

通常大家都说该团结，但一涉及具体的政策，就各说各话互道傻冒。同意我说的才可以团结，不同意的话想着团灭你。美国著名杂志《大西洋月刊》11月号的封面报道，在9月末就引起了广泛关注讨论。原因是该杂志考虑到这篇报道的重要性，提前在网上全文刊发了这篇题为《可能让美国崩溃的选举》的重磅报道。报道推出后在美国引起了强烈反响，反映了普遍的忧虑：“如果特朗普总统拒绝承认选举结果会怎么样？”谁知道呢？伟大的时代和伟大的人物是互相成就的。无论主动拒绝终身制的华盛顿，还是信念坚定要废除奴隶制但不能分裂的林肯。而现在的两位候选人，除了鹦鹉学舌做做样子，其言其行哪有大人物该有的风范。

这不是一个欣欣向荣的时代。

普通人抱朴守拙随遇而安吧。

他乡逆旅秋深处　一朝秋暮露成霜

2020年10月23日

无论过程有多么坎坷，人们总盼望圆满结局，遗憾的是别说现实世界，神剧烂尾也是经常发生的情况。《权力的游戏》第八季2019年收尾，更是跌碎一地眼镜，龙母只剩一条龙，轻松攻破君临城，那前面费那么大劲是不是吃饱了撑的。最后一集因为贸易战升级，居然直接停播，NBA都复播了，这一集鼎新剧场居然还看不了。当然不看也罢，还能留个念想，不过马丁老爷子这岁数，指望拨乱反正重拍第八季，甚至盼着第九季，够呛。

总得制造新热点。HBO很快推出了《切尔诺贝利》，又是一部评分极高的神剧。该剧讲述了在1986年的乌克兰，究竟是什么原因引发了切尔诺贝利事故，以及当年人们如何牺牲自己拯救处于灾难中的欧洲的故事。风格比较压抑，我是不大爱看，对某国及其体制的批判可谓鞭辟入里。三十多年了，当地的生态还没有恢复正常。问题在于这不是唯一重大的核事故。

1978年，福岛第一核电站曾经发生临界事故，但是事故一直被隐瞒到2007年才公之于众。2005年8月，里氏7.2级地震导致福岛县两座核电站中存储核废料的池子中部分池水外溢。2006年，福岛第一核电站6号机组曾发生放射性物质泄漏事故。2007年，东京电力公司承认，从1977年起在对下属3家核电站总计199次定期检查中，这家公司曾篡改数据，隐瞒安全隐患。其中，福岛第一核电站1号机组反应堆主蒸汽管流量计测得的数据，曾在1979年至1998年间先后28次被篡改。原东京电力公司董事长因此辞职。2008年6月，福岛核电站核反应堆5加仑少量放射性冷却水泄漏。官员称这没有对环境和人员等造成损害。直到2011年3月，里氏9.0级地震导致福岛县两座核电站反应堆发生故障，其中第一核电站中一座反应堆震后发生异常导致核蒸汽泄漏。于3月12日发生小规模爆炸，或因氢气爆炸所致。有业内人士表示，福岛核电站是一个技术上现在已经没人用的单层循环沸水堆，冷却水直接引入海水，安全性本来就没有太大指望。沸水产生的蒸性物质。对于日本这样一个地震频发的地区，使用这样的结构非常不合理。3月14日地震后发生爆炸。在爆炸后，辐射性物质进入风中，通过风传播到中国、俄罗斯等一些地区。

福岛核电站发生爆炸后，后续一系列处理都被广为诟病，但欧美政府及主流媒体基本保持沉默。最近又成为热点，因为日本欲排污入海，辐射超标90万倍被污染海水将抵达济州岛。对此，韩国济州道知事元喜龙20日表示，如果日本向大海排放福岛核电站污水，他将向国内外法庭提起诉讼。据韩国媒体报道，研究表明，日本如果将核污水排入大海，220天之后，被污染的海水将抵达济州岛，400天后将到达韩国西海岸。所以只要离得足够远，大多是天塌下来有高个子先顶着的心态。道德双标多标乃至墙头草标，是文化、体育、经济、政治各个领域，或者说人类社会的普遍存在。

作为资深金融民工，对一味强调美国法律健全、监管严格的论调实在不敢苟同。次贷危机谁是始作俑者？史上最大财务欺诈安然事件发生在哪？毕竟那时还做做样子，安达信倒闭了。今年以来，三家炙手可热的明星公司——有“德国支付宝”之称的Wirecard、瑞幸咖啡和Wework相继暴雷，累计给公司股东们带来300亿美元的损失。如果要说这三家“暴雷”公司有什么共同点，那就是它们的审计机构都是安永。名字起得就是好，安然无恙到永远。作为前高级公务员，史上最大庞氏骗局是麦道夫做的局，怎么不改成麦氏骗局纪念下。

最新的新闻是，全球最大投资银行高盛经历了一个黑暗的周四。先是香港证监会对高盛（亚洲）开出了一张3.5亿美元（约23.45亿元人民币）罚单；随后，美国司法部公布消息，高盛集团同意向全球监管机构，包括美国司法部、美国证券交易委员会、美国联邦储备理事会、纽约金融服务部、新加坡金融管理局、新加坡总检察长办公室和新加坡警察局商务部，支付逾29亿美元（约194亿元人民币）的罚款；英国金融行为监管局也在周四对外公布，将对高盛罚款9 660万英镑（约8.4亿元人民币）。以此计算，高盛此次罚款金额总计高达约226亿元人民币。话说言必称高盛如何如何的业内人士是咋想的呢？而对Libor的报价操纵甚至直接导致要废除基准作用，仿效搞的Shibor，早就没人提了。

苏轼在这霜花降落的晚秋写道：“霜降水痕收。浅碧鳞鳞露远洲。酒力渐消风力软，飕飕。破帽多情却恋头。佳节若为酬。但把清尊断送秋。万事到头都是梦，休休。明日黄花蝶也愁。”

透过现象看本质，而不是刻舟求剑。

他乡逆旅秋深处，一朝秋暮露成霜。

三、无声黑白

人生如逆旅　我亦是行人

2020年3月28日

《苏东坡传》是林语堂最得意的作品，也是中国现代长篇传记开标立范之作。原用英文写成（看不懂没看过），共4卷28章。抗日战争胜利后，林语堂就着手《苏东坡传》的写作。1947年完稿，由纽约约翰·黛公司、伦敦威廉海涅曼公司先后出版。此书原名为*The gay genius*：*The Life and Times of Su Tangpo*，可直译为《心旷神怡才智卓越的人物——苏东坡的生活和时代》，20世纪70年代台湾出版宋碧云、张振玉两种译本，均译为《苏东坡传》。当代作家余杰评论："林语堂的《苏东坡传》是一个赤子写另外一个赤子。""苏东坡比中国其他的诗人更具有多面性天才的丰富感、变化感和幽默感，智能优异，心灵却像天真的小孩——这种混合等于耶稣所谓蛇的智慧加上鸽子的温文。终其一生他对自己完全自然，完全忠实。"魏晋以来，士大夫形成的对人生及生命的叩问，在苏东坡身上表现得更加深刻。如李泽厚先生所说："对整个人生、世上的纷纷扰扰究竟有何目的和意义？这个根本问题的怀疑、厌倦和企求解脱与舍弃。"在苏东坡看来，人的生命最宝贵，不让自己的内在本性受侵犯，从而自尊地活着，有梦想地活着。

有个广泛流传的轶事："东坡一日退朝，食罢。扪腹徐行，顾谓侍儿曰：‘汝辈且道是中有何物？’一婢遽曰：‘都是文章’，坡不以为然。又一人曰：‘满腹都是见识’。坡亦未以为当。至朝云，乃曰：‘学士一肚皮不入时宜。’坡捧腹大笑。”要说苏轼实在是个巨儒政治家，初入朝为官，正值王安石受命变法，苏轼上书反对，被迫外放。因为“乌台诗案”差点儿丢了性命。好不容易熬到铁粉太后听政，司马光重新为相，苏轼以礼部郎中被召还朝。他老人家看到新兴势力拼命压制打击王安石集团的人，尽废新法，认为司党与王党都是一丘之貉，再次向皇帝提出谏议。结果自然是既不能容于新党，又不能见谅于旧党，再度外放杭州太守，筑就了著名的苏堤，其后一路贬至海南。苏轼的诗词书画艺术成就，不赘述，政治上的不成熟不识时务，实可鉴。指鹿为马咋回事？苏轼会不懂吗？坚持拒绝站队，是价值观使然。得亏是生活在对文人最宽容的北宋，否则早就挂了，也不会有那么多作品传世。不过话说回来，王安石、司马光只是政见不同，都致力于国泰民安，为政之道都比苏轼高明。而历朝历代多的是，吃里爬外专坑东家，欺下瞒上比而不周。

良药苦口利于病，忠言逆耳利于行，问题是人性都喜欢听好话、吉利话、歌功颂德的话，至于是不是真实，有没有后患，没那么在意。齐桓公早年英武，重用管仲成就霸业。但易牙抓住了齐桓公的胃，因为齐桓公随口一说“没吃过人肉”，回家把1岁多的儿子杀了做成肉汤，连自己的儿子都不爱，公竟以为对他是真爱，管仲病死后，易牙大权独揽，把齐桓公囚禁于宫中饿死了。好吧，那是古代，现代没那么严重，但意思其实差不多。因为跟特朗普意思相左，估计至少被严重警告了，美国疾控中心主任福奇面对记者提问，求生欲爆棚，“我没法评论，我没有观点，我都不知道你问的是什么”。这还是不熟练，下次估计就会背特朗普语录了。

本山大叔淡出江湖很久了，2013年，针对有评论说二人转低俗，本山大叔说："二人转最可贵就是一个'真'字。在一个人们习惯了假话的环境中，有时说真话就是说笑话。"认真地讲着真话，观众笑得更大声，就是管仲也无奈，本山大叔奈若何。

庚子三月初五。梦得君知否，俱过本命年。

占得人间一味愚

2020年3月31日

昨天3月30日是凡·高诞辰167周年，明天4月1日愚人节，2003年的愚人节，张国荣在香港文华东方跳楼自杀，生命定格于47岁，林夕曾说“十年难出陈奕迅，百年难出张国荣”。而伟大的凡·高，1890年7月在精神错乱中开枪自杀，年仅37岁。在两个悲伤的日子中间，追思感慨下。

伟大的艺术家，少有乐观豁达，而凡·高自小就孤僻，精神不稳定，也有说是癫痫。1888年2月赴普罗旺斯阿尔勒，住在卡莱尔咖啡馆；5月租下拉马丁广场上2号的“黄房子”，并创作《阿尔的吊桥》；10月23日，保罗·高更搬来与他同住；12月23日因失望与自责，发狂割下了一小块耳朵；之后凡·高曾多次想与高更和好，但高更称“万一他发病了就危险了”，返巴黎后不再和他往来，高更最终远走大溪地并长眠于斯。35岁，是凡·高生命最灿烂的日子，也是他艺术创作的巅峰，开始创作《向日葵》系列。还没有去看过普罗旺斯的向日葵，曾在阿姆斯特丹博物馆里凡·高的画前久久驻足，知道好，具体哪里好，到底怎么好，我也说不好。

凡·高生前颠沛潦倒，弟弟提奥给了他很大的经济支持和精神慰藉。而去世后凡·高的作品成为经典中的经典，万人敬仰价值连城。当地时间30日，凡·高的生日，盗贼闯入对公众关闭的Singer Laren博物馆，并偷走了凡·高创作的名画《春日花园》。馆长称失窃的画作是凡·高1884年的作品，价值估计在100万至600万欧元之间。除了《向日葵》系列，个人很喜欢他去世前一年，1889年创作的《星月夜》，现藏于纽约现代艺术博物馆，估值超过40亿。整个画面被一股汹涌、动荡的蓝绿色激流所吞噬，旋转、躁动、卷曲的星云使夜空变得异常活跃，脱离现实的景象反映出凡·高躁动不安的情感和疯狂的幻觉世界。标准解读是："凡·高通过这幅画作不是想用浩瀚的宇宙来反衬出人类的渺小，令人类生出畏惧之心，而是传达出一种不向命运低头的精神。"这个吧，我也看不出来。几年前在马代柏悦，夜里同时看到南北半球的星空，繁星闪耀似可手摘，令人向往却生惧意，突然就想到了《星月夜》。

17年了，每年愚人节前粉丝都会发起纪念活动，Leslie Forever。已近知天命，抒情不合适，但确实是成长的印记，生命里很重要的部分。因为张国荣、陈百强，学了很多粤语歌，2000年前后卡拉OK流行的时候，经常唱。还是更喜欢他早年的作品，1983年的《风继续吹》，1985年的《有谁共鸣》。退出歌坛再复出后推出的作品，《我》就是我，是颜色不一样的烟火，也可以欣赏，却少了共鸣。那样一位英俊王子，却渐变为雌雄同体。早期的电影《鼓手》《英雄本色》《倩女幽魂》《纵横四海》，英俊潇洒，和发哥红姑的对手戏，惊为天人。1993年，成就了《霸王别姬》里最经典的程蝶衣，"我是假霸王，你才是真虞姬"，段小楼一时口快嚷出的话，却意外道明了程蝶衣的命运。因戏入魔，令人唏嘘。"人得自个儿成全自个儿"，这是关师傅最常说的话，或许这就是张国荣的命数和选择吧。2003年"非典"期间，依稀记得四月天，电影院还在营业，好像没有戴口罩，在东安市场的影院又看了遍《霸王别姬》，当时情景，不能忘怀。斯人已逝，但高山仰止的艺术成就，永远活在人们内心深处。

艺术当然要欣赏，不过最好是远观。仰望星空，经学致用，一路荆棘，艰难苦恨。苏轼自嘲“若问使君才与术，何如。占得人间一味愚”。《洗儿戏作》寄心愿：“惟愿孩儿愚且鲁，无灾无难到公卿。”

贤愚千载知谁是　满眼蓬蒿共一丘

2020年4月4日

由于10天已经看过4次熔断，开过眼见过世面了，最近市场的涨跌起落就显得小儿科，联储表决心无限提供流动性，小车不倒只管推，流动性危机缓解，涨涨跌跌的无所谓了，分析师也打不起精神。所以瑞幸造假事件2日点燃了新热点。因为已看了两遍硬核的半佛制作的15分钟视频解读，深入浅出生动活泼，觉得已没啥可评的，唯一缺点是配音一个节奏声音赖唧唧的。

瑞幸扩张迅速到处开花，APP经常赠送优惠券，偶尔也会喝一杯。陨石拿铁、黑金气泡美式、大红袍寒天牛乳茶个人觉得挺好喝，再说了那么便宜，吹毛求疵不厚道。财务造假肯定不对，但上纲上线到影响中企形象，影响中概股表现，似乎也犯不着。查了下公司注册在开曼群岛，纳斯达克上市，VC拿的是美元，股东都是美元基金，老板是加拿大人，说是中企代表，实在有点牵强。市场主要在内地，管理层华人不少，但不能据此定性。做审计的是安永，做IPO的是普华永道，预测盈利3年涨30倍的是摩根，流水造假22亿元人民币，跟安然造假的金额比小巫见大巫，跟境内A股比也是小CASE，可以谴责，引以为戒，但那主要是美国市场美国投资者的事情，专注把自己的事情办好才是正事。这两年A股的造假案例，百度一查一大把，只有想不到，没有做不到，不评了省得得罪人。何必替老美操心呢，抓紧把优惠券花完是正经。不过神州系凶猛，陆老板灵犀一指，可比陆小凤狠辣。

清明节是黯然的日子。最有名的是杜牧诗：“清明时节雨纷纷，路上行人欲断魂。借问酒家何处有？牧童遥指杏花村。”有大神改为五言绝句：“清明时节雨，行人欲断魂。酒家何处有？遥指杏花村。”别有一番韵味。个人也喜欢宋朝王禹偁的七言诗：“无花无酒过清明，兴味萧然似野僧。昨日邻家乞新火，晓窗分与读书灯。”宋朝黄庭坚的也不错：“佳节清明桃李笑，野田荒冢只生愁。雷惊天地龙蛇蛰，雨足郊原草木柔。人乞祭余骄妾妇，士甘焚死不公侯。贤愚千载知谁是，满眼蓬蒿共一丘。”点评古诗词，借古以喻今，开辟第二曲线，果然海阔天空。

我不同意你说的观点　但捍卫你说话的权利

2020年4月11日

通常，当口水战打到要问候对方掀桌子的时候，有思想有涵养的一方会抢占道德制高点，抛出据说出自伏尔泰的重磅名言：“我不同意你的观点，但我誓死捍卫你说话的权利。”说起伏尔泰，那是法国著名的启蒙思想家、文学家、哲学家，本名弗朗索瓦·马利·阿鲁，伏尔泰是笔名，生于1694年逝于1778年，享年83岁，挺长寿。伏尔泰代表作有《哲学通信》《形而上学论》《路易十四时代》《老实人》等，被誉为“法兰西思想之王”“法兰西最优秀的诗人”“欧洲的良心”，等等。

关于这句话，通常被理解、解释为：“我可能不同意你的观点，但是我不会允许任何强权剥夺你表述观点的权利。”也正是这句话，成了现在需要捍卫无差别的言论自由的一面盾牌。不能管我说了什么，也别管我说的对错，总之这是我的权利，你批评剥夺就是错。

首先这话不是伏尔泰说的。实际上，这句话最早出自英国女作家霍尔，出版于1906年的《伏尔泰之友》的书中，之后霍尔又在她的另一本书《书信中的伏尔泰》中再次引用了这句话。有意思的是，这句话引起了极大的争议，对此霍尔很明确地表示，她只是综述了伏尔泰的思想，而她的依据是“爱尔维修事件”。据说伏尔泰很不喜欢爱尔维修写的《论精神》一书，称它为“一堆毫无条理的思想”，但当这位百科全书派哲学家的书出版，备受教会和当局攻击的时候，伏尔泰又为之进行辩护。正是因为这件事，霍尔在评论的时候，写出了“我不同意你的观点，但我誓死捍卫你说话的权利”这句话，但是她错误地将这句她自己的评语加上了引号，致使后人以为这是转引自伏尔泰本人说过的话。以讹传讹，流传至今，伏尔泰名气大，大家认为这就是伏尔泰说的话，其实，在1939年5月9日霍尔写的一封信中，她明确写道：“您在我的著作《书信中的伏尔泰》中读到的这句话，‘我不同意你的说法，但我誓死捍卫你说话的权利’，是我本人的话，我不应将它用引号引起来。我无意中犯下的错误误导了您，使您以为这是伏尔泰的一句话。请接受我的道歉。”但中间隔了一百多年，到底是不是霍尔觉得此话精彩，据为已有，我也不知道，懒得去考证，略微改了下作为题目，字数一样尽可能对仗，是强迫症的写作方式。

这句话流传至今，这两天特别流行。有思想的人接力引用，《别站队！一站队你就输了！》《有思想的人啊，他不站队》《最近千万不要说“我觉得今天北京有点热”，否则……》，等等。超然物外，大同小异，随便引用下，“今天一位微博博主发了个小感慨‘我觉得今天北京有点热’，结果许多人纷纷‘杠精’附体，质疑她说这话到底是什么意思。只有看懂了网友回复的人，才明白为什么‘杠精’俩字打了引号”。“北京不热，全微博除了博主没有一个说北京热的，博主在造谣。”“就是，个人随意发布热不热的消息，容易引起社会混淆，万一新华社说不热，这就算造谣了。”

A：这鸡蛋真难吃。

B：隔壁家的鸡蛋更难吃，你咋不说呢？

A：这鸡蛋真难吃。

B：你这么说是什么居心什么目的？

A：这鸡蛋真难吃。

B：隔壁的鸡给了你多少钱让你在这里满嘴乱喷？

充满了欢乐的气氛，到底是不是杠精，这不一目了然嘛。

正本清源掉书袋，继续聊聊伏尔泰。曾经有个巴黎《文学年代》刊物的创始人，叫弗雷龙，这个人文字尖酸刻薄，常常攻击当时出名的文人，伏尔泰也不例外。伏老可不是吃素的，专门写了一出讽刺剧来反击挖苦弗雷龙，大师出手果然不一般。这部剧生动刻薄到什么程度呢？据说前来观剧的弗雷龙夫人当场被气晕。这还不算完，伏尔泰发动朋友动用多方面关系，全方位对弗雷龙进行攻击。弗雷龙的老板，同时也是伏尔泰的朋友，不但解雇了弗雷龙，并且停刊了《文学年代》。这明显口是心非说一套做一套啊，这怎么不捍卫弗雷龙说话的权利了呢？而且欲置之死地而后快。这说明什么？每个人都有立场，无论主动选择，还是被动接受，不站队是不可能的。那伏尔泰为啥支持爱尔维修？因为比起个人思想的分歧，伏尔泰更反对教会和当局，在这一点上两人又是战友了。

键盘侠们吃着外卖只嫌不够热闹，超然洒脱不用站队充满着优越感，却不知是因为有逆行的勇士，有坚守岗位付出的劳动者，少说点便宜话，少抖包袱要贫，不为恶行鼓噪，读书刷剧消停会儿吧。

活着还是生活

2020年4月13日

余华1993年完成的小说《活着》，差不多是近三十年来我认真读过的最后一本小说了。说是长篇小说，其实只有12万字，不到200页，小半天就可以翻一遍。想起我中学时代借阅同学的金庸小说，躲被窝里打着手电一晚上看完一本，那是更遥远的记忆了。书非借不能读也，我宅家两个多月，发现书架上不少书，这么多年都没翻过。嗯，活着，好像还活得不错，从来不去想生活。

余华1996年出韩文版自序写道："活着在我们中国的语言里充满了力量，它的力量不是来自于喊叫，也不是来自于进攻，而是忍受，去忍受生命赋予我们的责任，去忍受现实给予我们的幸福和苦难，无聊和平庸。"《活着》讲述了眼泪的广阔和丰富，讲述了人是为了活着本身而活着，而不是为了活着之外的任何事物而活着。这话跟詹姆斯·索特讲"生活的目的就是生活本身，生活的本质即表面，生活的意义就是不需要意义"异曲同工。网络流行正确的废话，"生活并不仅仅是活着，活着为了更好地生活"，落于下乘了。

法国诗人瓦莱里讲："如你想象的那样去生活，否则，你会如你生活的那样去想象”，如果不是疫情长时间困家里，还真是没怎么想过，工作很忙压力很大，周末闲暇时，步行到北京坊喝杯咖啡，再到蒸汽犀牛来杯啤酒，溜达回来半天就过去了。啥也没沉淀，倒怡然自得，不正是生活的表面和本质合而为一了嘛。

宅家百无聊赖，码字也还不错。词穷写不下去的时候，翻翻鲁迅、林语堂的书，开阔思路获得启发。因为日记的纷争，网上有恶言相向：“经典我读过不少，基本到近代为止，当代还活着的，你们也配？”似乎有些过头，余华1960年出生，刚到六十耳顺，莫言年长5岁，2012年拿了诺贝尔文学奖，刘慈欣的《三体》也不错。以杂文而言，自然不能跟鲁迅、林语堂比肩，称得上大家的王小波、鄢烈山，都是1952年出生，小波已逝，鄢老已老。韩寒忙着跑步健身；冯唐的文字，年轻时是才情，上年纪是油腻。《财新》是角力的阵地，《三联》耽于自娱自乐。经典传世期望有点高，比肩王朔、海岩的小说，也已经很久没看到了。

张爱玲说“成名要趁早”，余华33岁就写出了《活着》，威廉·戈尔丁43岁才写出《蝇王》，那是他的第一本小说。“蜂拥而来的真实几乎都在诉说着丑恶和阴险，怪就怪在这里，为什么丑恶的事物总是在身边，而美好的事物却远在海角。”到底是事实就是这样，还是人们感受的差异？或者其实如一位诗人所说“人类无法忍受太多的真实”。

比起以写作为生的职业作家，威廉·戈尔丁、詹姆斯·索特这样当过兵、打过仗、教过书的非职业作家，丰富履历学思践悟更加让人信服。海岩一手管理酒店一手妙笔生花，一辈子像过了两辈子。东野圭吾《变身》里讲：“所谓活着并不是单纯的呼吸，心脏跳动，也不是有脑电波，而是在这个世界上留下痕迹。要能看见自己一路走过来的脚印，并确信那些都是自己留下的印记，这才叫活着。”当代财经类小说，基本没啥可看的，因为内行不会写，外行基本是瞎写，印象深刻的是好莱坞电影《金钱永不眠》《华尔街之狼》，出两本杂文集之后，尝试写本小说得了，从业二十年，现实人和事，像电影一样，精彩得很呢。

花有重开日　人无再少年

2020年4月18日

“花有重开日，人无再少年。”出自元代关汉卿的元曲中。常常出现在元杂剧的一开始，是当时很流行的句子，但并非是关汉卿所写。经查，出自南宋陈著《续侄溥赏酴醿劝酒二首》：“花有重开日，人无再少年。相逢拌酩酊，何必备芳鲜。”陈著年过四十才考中进士，勉强算是个大器晚成之人，曾在京城为官，由于得罪了奸臣贾似道，被贬到嘉兴做县令，后又被调任到嵊县。不论何处任何职，陈著都尽心尽责，深得百姓的爱戴。一直是个小县令，经常酩酊无芳鲜，流水落花春去也，感慨人无再少年。

时钟嘀嗒，时间的流逝似乎最公平客观，其实不同个体感受大不相同，三十岁前似乎有大把的时间可挥霍，常常苦于空闲时间不知该如何打发，而一旦过了四十岁，时间就有了加速度，时光飞逝如电，每一个生日都像在提醒，人生下半场又过了一年，而本命年更是不想面对，何况是这样的一个开始。

大家都在讨论GDP、特别国债、降息降准，其实疫情期间，受损最严重的是个体户、小企业主、小企业员工等，这些人原本收入就不算高，现在可支配收入却比中高收入阶层缩水更严重。看数据，第一季度居民人均可支配收入的平均数增长了0.8%，而中位数下降了0.7%。平均数上升，中位数下降，说明收入进一步向上流动了。有句话被引用得很多，“对待弱者的态度，决定了一个社会的文明程度”。如同张文宏终于忍不住指出群体免疫从来不可行一样，采取措施帮扶低收入者，让其生活不受太大影响至少活下去，是应有之义也是政策的要义所在。金融数据都挺好，社融贷款创新高，金融空转现实上演，从业人员也很无奈，账上流动性多了，就得想办法用出去，其实现在无论投什么，潜在风险远大于收益，干得越猛，将来越惨，努力不去想，一想就头疼。

最近转移兴趣，看了些文坛轶事。鲁迅文学奖创立于1986年，是中国具有最高荣誉的文学奖之一，旨在奖励优秀中篇小说、短篇小说、报告文学、诗歌、散文杂文、文学理论评论等创作，推动中国文学事业的繁荣发展。但近十年来，发生了几次争议事件，倒是繁荣了八卦事业。

2010年第五届鲁迅文学奖，武汉市原纪委车书记因诗集《向往温暖》获奖，其作品《徐帆》和《刘亦菲》被网友命名为“羊羔体”。认真对比看了，引用《刘亦菲》吧，毕竟年轻貌美。

我和刘亦菲见面很早，那时她还小
读小学三年级
一次她和我女儿一同登台
我手里的摄像机就拍到一个印度小姑娘
天生丽姿，合掌，用荷花姿势摇摇摆摆出来
风跟着她，提走了满场掌声
当时我对校长说：鄱阳街小学会骄傲的
这孩子大了
一准是国际影星

菁准了，她十六岁就大红
有人说她改过年龄，有人说她两性人
我才知道妒忌也有一张大嘴，可以捏造是非
其实我了解她，她给生活的是真。

柳忠秧写的《岭南歌》曾被评价为“中国文学史难得、世界文学史罕见”。看了看还挺长，就引用几句吧：

大圣惠能祖：
见性成佛创南宗，
《六祖坛经》顿悟来。
凡间菩提本无树，世外明镜亦非台。
大贤张九龄：
融通中原凿庾岭，
劲健忠贞称名宰。
开词宗兮立大派，引领唐诗划时代。
……

宋美龄争美援抗日，红颜报国。宋庆龄奔世界和平，母仪天下。

“香梅、月桂”巾帼奇英雄，名动美利坚。司徒美堂万里赴国殇，义薄大中华。

……

道不尽南国锦绣，吟不完五岭诗章——

春风沉醉珠水暖，海阔天空白云高！“日啖荔枝三百颗”，柳郎独唱岭南好！

这啥打油诗，还自称柳郎，九泉下遇到柳三变，不知道会不会挨削。人过四十不学艺，困惑于辞穷才尽，看看这些闹剧，感觉信心大增。别说创造美好了，知道什么是美好，真得从娃娃抓起。

看看什么是作家：

钱锺书：“爱情多半是不成功的，要么苦于终成眷属的厌倦，要么苦于未能终成眷属的悲哀。”

王小波：“活下去的诀窍是：保持愚蠢，又不能知道自己有多蠢。”

王尔德：“只有浅薄的人才了解自己。爱，始于自我欺骗，终于欺骗他人。这就是所谓的浪漫。我年轻时以为金钱是世界上最重要的东西，等到老了才知道，原来真的是这样。”

花有重开日，人无再少年。休道黄金贵，安乐最值钱。不须长富贵，安乐是神仙。

星辰大海　深井泥潭

2020年4月25日

欧美多个城市的大街上，山羊野猪溜达散步，生态系统逐渐恢复。生产中断交通需求减少，加利福尼亚长滩港出现惊人一幕：24艘油轮漂浮在海岸线旁。油轮之所以停滞不前，是因为驾驶和飞行的减少，对石油需求已经下降，石油开采工作依旧进行，供大于求，石油公司的储油空间被用尽，只能暂存于油轮上。北京时间4月21日凌晨，美国原油期货5月合约盘中一度暴跌305.97%，收于每桶-37.63美元，出现前所未见的奇观，引发了某行穿仓事件。新闻分析铺天盖地，不方便评论。芝加哥商业交易所CME 4月15日就发出公告，如果出现零或者负值价格，CME的所有交易和清算系统将继续正常运行。作为从业人员，应该引起足够的警觉，尽可能“移仓换月”，按最坏的情况准备应急预案。衍生品交易，如果不是以保值避险为目的，单纯的投机无异于火中取栗，而场外复杂的衍生品交易，特别涉及实物交割的品种，没有金刚钻不要揽瓷器活，否则早晚掉坑里。赚钱的总是开场子的和离场子近的，次贷危机是这样，这一次又是这样，以后也还是这样。

4月24日是航天日，知乎上有热帖讨论最近的连续发射失利，周末抽出时间细看，感慨万千。“他们面临的是永远也完不成的工作，甚至这些工作互相干扰扭成一团乱麻。这时候的无力感，越有责任心的越吃亏，反倒是没责任心的人，反正我就能干成这样，爱咋咋地呗。”陷入深井泥潭，热血也会冷的。有人负责吹牛拍胸脯，有人整天抢功争荣誉，真正干活的越来越少。平均年龄三十来岁，请问梯队怎么建设的，有经验的为什么流失。探索星辰大海，要靠科学实干，吹牛早晚要上税，弄不好还有罚款，连续失利会慌的。

马斯克干得挺欢。就在本周，随着60颗星链卫星成功发射，现在StarLink已有420颗卫星运行于地球轨道。按照马斯克吹下的牛，它们的使命，将是替代光纤，给全球提供高速、稳定又便宜的网络连接。Starlink计划核心是SpaceX会利用猎鹰9号可回收火箭，将12 000颗卫星送到轨道平面，然后组成卫星通信群，为全球网民提供高速宽带服务。其中一组4 425颗卫星，将坐落在约1 200千米的高度，而7 518颗卫星将坐落在约300千米的高度，并以不同的无线电频率运行。这样一个庞大的卫星群将实时围绕地球运转，据称可以在任何时间提供地球任何地点的宽带覆盖。Starlink将为那些接入不可靠、价格昂贵或完全无法使用网络的地区，提供高速宽带网络。一堆赞扬马斯克“当代钢铁侠”的，“不止有眼前的大生意，还会有福祉全人类的大情怀”。当然也有一些忧虑：卫星反光可能严重干扰光学和近红外观测，卫星通信波段电磁辐射对射电天文观测造成污染，卫星与天基、天文台发生碰撞等等。特别需要注意的是，虽然是一家私企，终究是美国公司，一旦形成垄断取得战略优势，对其他国家可不一定是福祉。全人类的大情怀，咱们也得参与下，别被忽悠拉下了。

王尔德在《温德米尔夫人的扇子》中有名句传世，“我们都生活在阴沟里，但仍有人仰望星空”。在生物性上，个体差异几乎可以忽略，而价值观和选择的不同，让萨特说出“他人即地狱”，星辰大海，深井泥潭，都是自己选择的禁闭。

缥缈孤鸿影　寂寞沙洲冷

2020年4月26日

周五晚上的《歌手》决赛，是印象里最差的一届，仓促是客观原因，更主要是照剧本演破绽太明显，华晨宇夺冠本身实至名归，过程中瑕疵反招吐槽质疑，辜负花花一片冰心在玉壶。《歌手2018》华晨宇力压汪峰，惜败于结石姐获得亚军，已经是相当不错的成绩，今年再战不愧当打之年，从决赛个人曲目《哥谭》，李宇春助唱《西门少年》，到常规赛十场四冠王，《寒鸦少年》《斗牛》《我们》《强迫症》单场第一，《好想爱这个世界啊》虽不是单场第一其实水平更高，是华语乐坛单曲销量TOP1。华晨宇个人风格强烈，现场表演极富感染力，不只是唱，真是在演，燃烧生命的那种。以音乐论，个人觉得，最好的音乐，应该是即使不看画面，只用耳朵听也会感动，静下来反复听的那种。张学友、邓丽君不能创作，但声音优美动听动人心，花花显然不是这种类型，但他能创作能表达自我，各有各的精彩。

决赛过程充满戏剧性，真正是让人大跌眼镜。突围赛胜出的袁娅维和吉克隽逸，分别出击挑战米希亚和周深，并且出人意料大比分胜出，和萧敬腾一起三英战晨宇，结果花花毫无悬念，以超过一半的得票率轻松夺冠。米希亚始终面带微笑，旁边助唱的小姑娘愤愤不平溢于言表，新裤子乐队确定是来助唱周深吗？还是带着任务把宝藏男孩拉下马，风格完全不搭，周深又瘦又小，穿一身黑衣服，像个跑堂的，整个被黑了。何炅倒是胖了些，几次语塞打磕巴，我想可能人上了年纪反应都会慢吧。这两天一看评论有图有真相，猪队友准备的串词没法念，“歌王候选人一副没见过世面的样子”，这是黑歌手呢还是黑何炅呢！

媒体、舆论其实都不靠谱，历史上有名的段子讲：拿破仑进军巴黎，一家报纸几天内所用的标题分别为：第一天“科西嘉的怪物在儒安港登陆”；第二天“吃人的魔鬼向格腊斯前进”；第三天“篡位者进入格勒诺布尔”；第四天“波拿巴占领里昂”；第五天“拿破仑接近枫丹白露”；第六天“陛下将于今日抵达自己的忠实的巴黎”！

投票支持率也不靠谱，萨达姆这样的独裁者，倒台前支持率都接近100%，一失势就树倒猢狲散。不过指鹿为马好歹还指一下，在21世纪的大数据时代，还经常直接安排包办了。米希亚和周深就算输，票数差距也不应该大，得票只有对手的一半，这样的比赛比个啥劲。

苏轼在黄州定慧院寓居，君子坦荡荡，孤灯空寂寥，写下流传千古的《卜算子》：“缺月挂疏桐，漏断人初静。谁见幽人独往来，缥缈孤鸿影。惊起却回头，有恨无人省。拣尽寒枝不肯栖，寂寞沙洲冷。”

空空如也　无处安放

2020年4月27日

从窗户望出去，隔一条小马路，就是中央音乐学院的校园，1994年11月，“鲍家街43号”乐队在这里成立，小提琴专业的汪峰担任主唱。此后汪峰创作了众多耳熟能详的作品:《在雨中》《春天里》《飞得更高》《北京北京》《我爱你中国》《怒放的生命》。《空空如也》《无处安放》也是他的优秀作品，用作题目因为正是今年以来心境写照。汪峰被誉为用音乐说话的思想者，洞穿现实的社会观察者，满怀悲悯的灵魂歌唱者，尽管他的作品他自己现在演绎都吃力，尽管他和章子怡的婚姻八卦蜚短流长，但不妨碍他众多优秀的作品流芳百世。2012年，他甚至出了本长篇小说《晚安　北京》，包括三部分:《怒放笔记》《晚安　北京》《中国的忧郁》。怒放过，表达过，纵然无处安放，不致空空如也，足矣。

从形式上讲，具有三和弦、结合持续激烈的鼓点、结合上口的旋律的音乐似乎就是摇滚乐，但摇滚精神实质上并没有统一的标准，摇滚是自由和抗争的表现形式，不只是叛逆而是要反思，自由不妥协才是其精髓。有说摇滚精神的核心是痛苦，而且是最为深沉的，难于用语言表达的痛苦。人生实苦，生活本身便是无穷无尽的痛苦，只有痛苦才会唤起人最深沉的共鸣。而摇滚乐所表现的痛苦，人在聆听沉浸其中的时候，并不会感到畏惧或者排斥，恰恰相反，他在感到震撼的同时得到了安慰、释放甚至释怀。特别是魔幻的2020年，不止是中国，岂止是忧郁，整个世界都快抑郁了。

从某种意义上说，停摆、无所事事造成的问题，甚至大于激烈对抗（比如战争）造成的问题。朝不保夕人人自危，整个社会高速运转，为了生存紧张忙碌，是生似蝼蚁死如尘埃的宿命，物质极大丰富追求自我完善，海市蜃楼般不大可能成现实。最近两三个月政策救市的力度和规模，远超2008年次贷危机，美股快速跌落，又快速反弹至技术牛市区间，精英们愚弄大众的技术，只有想不到没有做不到。2008年油轮在海上漂，是为了抬高油价忽悠上探200美元；这一次油轮在海上漂，整出个负油价收割了一大把。

YouTube上有个短片《不一样的数学》，看完之后陷入困惑：2加2到底等于4还是等于22呢？当连自然科学定理规律都不能有共识的时候，世界还怎么运转？更别说变得更好。保持开放的心态，那颗叮叮当当的心啊，还真是这样无处安放。

心里有火　眼里有光——写于青年节

2020年5月4日

今天是五四青年节。昨晚bilibili献给新一代的演讲《奔涌吧，后浪》刷屏了。1968年的何兵，操着60年代典型的老炮腔调，慷慨陈词："青春是善良、勇敢、无私和无所畏惧！是心里有火，眼里有光！我们有幸遇见这样的时代，但时代更有幸遇见这样的你们！"连"60后"都与时俱进转战B站了，着实充满了节日欢乐的气氛，这是要逼着"90后""00后"开辟新阵地吗？朋友圈感慨的都是"70后""80后"，"60后"不发表意见，"90后"不大感兴趣，问了下家里的"00后"，看完了表示"这说的是啥？"所以披着年轻靓丽外衣的短视频，其受众多是想留住青春尾巴的中年人，真相了却不是真香。看到有年轻人评论："有人称呼我为'后浪'，还告诉我，好羡慕你，你好幸运，加油哦。我心里会想：凭什么给我取这个名字？谁让你自己扑沙滩的？我又没有推你……"哈哈哈，年轻人不就是这么想的吗？如果真的能够回到20岁、30岁的年纪，才不要宅家里苦哈哈的码字，早就不知道浪哪里去了。

回到主题，说正经事。101年前的"五四"运动，其重大意义怎么讲都不过分，而五四精神更是要不断弘扬传承践行。百度百科讲，五四精神的核心内容为"爱国、进步、民主、科学"。概括地讲：就是“彻底地、不妥协地反帝反封建的爱国精神”。我们应该为了民族的独立和解放，为了国家的繁荣和富强，前仆后继，英勇奋斗，积极进取，勤奋工作。这些口号都很正确，精神实质是“伟光正”，只是100年来，德先生和赛先生神龙见首不见尾，联袂在人间的时候，国泰民安美美与共，双双隐居的十年，无疑是一场浩劫。君子和而不同，德赛不可分离。

书中自有黄金屋，理念很大程度上先于并指导实践。从某种意义上说，100年来最强大的美帝，其实是一群读书人创建的。杰斐逊、亚当斯、富兰克林等无不爱书如命。杰斐逊曾说：“无书作伴，生有何欢？”早在1727年，印刷工出身的富兰克林就创办“共读会”，数年后发展为会员制的费城图书馆，美国收费图书馆也由此滥觞。杰斐逊有一座藏书达6 487册的私人图书馆。1815年，美国国会以23 950美元买下了杰斐逊图书馆。一个世纪之后，国会图书馆成为世界最大的图书馆。1776年6月，杰斐逊与富兰克林等5人组成小组起草《独立宣言》。7月9日，《独立宣言》正式公布，其中最重要的三点是：（1）人类生而平等，造物主赋予人类一些不能出让的权利，比如生命、自由和对幸福的追求；（2）为了保障这些权利，人类才建立起政府，一个合法的政府是经过人民同意的政府；（3）任何政府破坏这些权利，都是非法的和暴虐的，对于这样的政府人们有权要求改变，实在不行，可以推翻。从华盛顿拒绝终身制，到林肯废除奴隶制，再到“二战”的罗斯福，基本践行了这些理念。而特朗普上任后，打着美国优先的旗号，事实上否定了第一条，还奢望什么再次伟大。理念一旦庸俗化，实践不可能高远。

魔幻的2020年，不大可能是大变局的结束，倒更可能是大动荡的开始。心里有火，火大容易伤身体；眼里有光，近视看不清远方。长江后浪推前浪，风急天高猿啸哀，青年任重而道远，风物长宜放眼量。

向内求　观自在

2020年6月14日

和龙教授的饭局已经错过数次了。在龙教授的贵客名单里，估计自己根本排不上号，好在初次造访龙氏家宴交的作业——《闻达于庙堂　相忘于江湖——唯美食与热爱不可辜负》——入了教授法眼，得以再被邀请。2019年下半年两次因出差错过，春节期间约好了又取消。本来这两天又约好的，没料到又被迫取消，感谢教授盛情，遥祝教授安康。

虽然知道新发地，一次也没有去过，看了资料才知道，成立于1988年，在全国4 600多家农产品批发市场中，无论按交易量还是交易额排名都数一数二，被BBC纪录片《中国春节》誉为“北京饮食文化的灵魂”。这一出事儿，网友提出来，名字起得不好，建议改名“新弃疾”。人间烟火气，最动凡人心。与金庸、黄沾、倪匡并称为“香港四大才子”，有“食神”美称的蔡澜，认为买菜是一种艺术，和烹饪是互相呼应的。好厨子不规定今晚要炒些什么，看当天有什么新鲜或新奇的材料，就弄什么菜。“到菜市场去逛一圈，就像去了字画铺，像进去一个古董拍卖场，必须从容不迫，悠闲地选择。”蔡澜的美食专栏，应该算看过不少，但只是看看，没有代入感。既不会做饭，也不大好吃，因美食垂涎三尺，甚至像洪七公一样因为贪吃误了事，后悔自责切掉自己一根手指，实在没办法感同身受。于我而言，吃饭只是果腹，一顿不吃就饿得慌，低血糖可不是玩的，吃不多少就饱了，再美味也多吃不了几口。所以教授一整二十多道菜，其实是无福消受，对我来说三五道菜足够了。

龙教授2019年功成身退，获得了阜外医院建院以来的首个终身成就奖，随兴致偶尔受邀出现在手术台、学术会议上，但已处于放飞自我神龙见首不见尾的状态，超越自我决意将厨艺作为余生的追求寄托。教授几度远赴日本、法国钻研厨艺，通过各种渠道结交国内名厨，为了将餐饮提升为艺术，他遍访世界广交高人，努力融会贯通各国餐饮文化，争取自成一派再创高峰。教授自称他在厨艺中获得的快乐已经超过医学，自认是中国医学界和厨师界跨界第一人。这个其实不咋羡慕，我甚至想窃窃地说，也不怎么心心念地惦记着吃，倒是有时候会惦记喝的，听了周董迎合年轻人节奏欢快的新歌*Mojito*，就溜达去魔方屋顶花园喝了一杯。让我羡慕钦佩的是，教授依旧保持着年轻时的健身习惯，每天负重5公斤跑15千米，一个月跑两次半马。年过花甲，精力过人，身体好胃口好，技艺高超精妙，真正达到了向内求观自在的至高境界。

佛门有云："自在自观观自在，如来如见见如来。"这副对联的意思是：自我的存在，要靠存在的自我来观察；只有存在的自我，才能观察自我的存在。生命的（原）本真（实）状态，要在好像看，又好像没看的（超越了看与不看）时候，才能看得到；只有超越了看与不看，进入了似看非看的无我状态，才能看到生命最原本真实的状态。向外追逐是苦海，向内用功是解脱。

公元前47年，盖乌斯·尤利乌斯·恺撒在泽拉战役中，平定了庞培部下本都王子的叛乱后，用最简洁的拉丁文写了一份捷报送回元老院，"Veni，vidi，vici"，他以3个双音节的拉丁文词汇，写成了这句口号，意思是：我来，我见，我征服。这是伟大征服者的霸气宣言，普通人看看得了。1842年3月23日，法国作家司汤达逝世。他的墓志铭上写着："活过、爱过、写过"。努力践行，争取做到。世界乱糟糟，未来不可测，恺撒也发喟叹："年轻的时候，日短年长；年老的时候，年短日长。"我怎么觉得，时光飞逝如电，年变短每日更短，不为杂事俗务羁绊，内求于心外求于道，真不是件容易的事情。

雪花飘飘　北风萧萧

2020年6月20日

话说在北半球都进入夏季，热浪滚滚的当下，忽然一阵什么风刮过，万物皆可“雪花飘飘”了，《一剪梅》风靡欧洲、北美，在芬兰、挪威、瑞典等北欧国家音乐排行榜上更是稳居前列，很多老外以表演“xue hua piao piao”为时尚，衍生出了各种各样的搞笑版本花式竞演。2019年宣布封麦的费玉清，以65岁高龄步入“国际顶流”行列！不得不感慨，互联网时代，真是一切皆有可能。《一剪梅》是费玉清1983年就开始唱的经典歌曲，37年前的那首老歌。娃娃作词，陈彼得作曲，可叹陈彼得老人家才华横溢生不逢时啊，最早收录于费玉清1983年4月推出的专辑《长江水·此情永不留》中。该歌曲是1984年台湾中视同名电视剧《一剪梅》的片头曲，后又成为2009年霍建华、吕一主演电视剧《新一剪梅》的片头曲，2015年沈腾、马丽主演电影《夏洛特烦恼》作为宣传曲。小哥费玉清拈着小指端着唱歌的样子，几十年没有变，确实独树一帜，但这次红遍欧美跟以上背景关系都不大。

据考证这个爆红网络现象源于国内网络红人“蛋哥”张爱钦的无心之举，他2020年1月6日在网络上发布了一段自唱《一剪梅》的视频。“蛋哥”称当时出去吃饭下着大雪，心情不怎么好，简单唱了两句。这段视频里，顶着光头的“蛋哥”站在一片雪茫茫的雪地里举着手机，原地旋转，忘情吟唱《一剪梅》的一句歌词：“雪花飘飘北风萧萧，天地一片苍茫。”这段视频上传到某短视频网站后被网友转发到外国网站，或许是因为“蛋哥”奇特的外表，要说“蛋哥”的头型确实很有特点，名如其人。又或许是因为《一剪梅》洗脑的独特旋律，不知怎么引起了国外网友的好奇，竟然就有了几百万几千万的播放量。一开始大家都听不懂他在唱什么，只是觉得新鲜搞笑，甚至还把“蛋哥”P到各种情景中恶搞。后来一位TikTok上的博主特地去研究了这句歌词到底什么意思，他得出的结论是，“The snow falls and the wind blows”（下起了大雪，刮起了大风），表示人生在低谷，环境逐渐恶化，却无能为力，不知怎么契合了丧文化，也可能2020年太魔幻了，居然迅速在网络上爆红，“XUE HUA PIAO PIAO BEI FENG XIAO XIAO”成为非常流行的句子。

互联网时代，对流行对热点的预测判断把握极其困难，基于数据的分析其实很有局限。谁能说清楚“你妈喊你回家吃饭”为什么流行？事前无法预测，事后分析也牵强，倏忽来去像风一样，莫名其妙无厘头得很。“乘风破浪的姐姐”为什么火？重点不在于是姐姐还是萝莉，重点是美，不信换相貌普通的，就是叫“女王驾到”也不好使，透过现象看本质这个好分析。看似获取信息容易，搜索一下就可以，但做出判断很难，常识和逻辑很重要。国内搜索只好用百度，不管输入啥关键词，显示页面都一大堆，哪个准确？哪个有用？互相矛盾的信息比比皆是，排在前面的可能是“莆田系”，竞价排名被广为诟病，谷歌号称“不作恶”，实际做的怎么样恐怕得画个问号。谷歌前国际关系主管罗斯·拉热内斯（Ross LaJeunesse）表示，谷歌创始人“退居二线”，新领导层受到利润的驱使导致谷歌背弃了“不作恶”的核心价值观。拉热内斯在2008年加盟谷歌，2019年5月才离职，应该很有发言权了。

而网络上流行的迷惑行为多得是。4月15日，欧委会在其社交媒体上强调，新冠病毒的传播和5G部署没有任何联系。原因在于2020年初以来，欧洲社交媒体谣传5G网络部署导致新冠病毒大量传播，致使欧洲多国出现纵火烧毁5G通信基站的犯罪行为。欧委会不得不发官方声明呼吁欧洲人不要相信这个谣言，遗憾的是效果似乎很有限。而《纽约时报》和分析公司Zignal Labs汇编的数据显示，新冠病毒疫情爆发后，网络上出现了大量阴谋论，比尔·盖茨成为了最大受害者。这些阴谋论各不相同，有的说是盖茨制造了新冠病毒，目的是从疫苗中获利；还有的说盖茨是屠杀人类和（或）实施全球监测系统阴谋的成员。说啥的都有，还不少人信，言论自由嘛，真不好处理。

特朗普发推特说：“西雅图无政府主义者接管后，做的第一件事是建一堵墙。看！我领先于我们的时代。”下面跟帖热评：“是的，你刚上来时说建一堵墙保护美国民众，而现在，你建了一堵墙保护自己。”要说建墙，还有比修长城更伟大更领先的吗?《分歧者》不是出处，那只不过是抄袭。有媒体评论，“看懂了美国人的反智文化，你才能真正懂这个魔幻的国家。”据说18%的美国人认为太阳绕着地球转，近百万美国人认为地球是平的，在地图上找不到自己国家的美国人更是不计其数。这两百多年来美国人经历了什么，才会变得如此“反智”。精英教育的结果，既有马斯克这样的天才，更多坐井观天的大多数，且唱一句“XUE HUA PIAO PIAO BEI FENG XIAO XIAO”吧。

长的是磨难 短的是人生

2020年7月12日

张爱玲在《公寓生活记趣》里写道："人类天生的是爱管闲事。为什么我们不向彼此的私生活里偷偷地看一眼呢？既然被看者没有多大损失而看的人显然得到了片刻的愉悦？凡事牵涉快乐的授受上，就犯不着斤斤计较了。较量些什么呢？——长的是磨难，短的是人生。"

北京连续几天阴雨，倒有点像梅雨季节，早上罕见的一觉睡到8点，打开手机一看吓一跳：今天（12日）6时38分，河北唐山市古冶区发生5.1级地震。根据中国地震台网速报目录，震中周边200公里内近5年来发生3级以上地震共17次，最大地震是本次地震。7时02分在河北唐山市古冶区发生2.2级地震，7时26分在河北唐山市古冶区发生2.0级地震。消防人员赶赴唐山地震震中，暂无人员伤亡消息。此外有网友表示，在地震发生前，电视里弹出了预警信息。祈祷一切平安！

44年前的唐山大地震，位列20世纪世界地震史死亡人数第二，仅次于1920年宁夏海原地震。2010年上映的《唐山大地震》是冯小刚导演的上乘之作，影片最后是个圆满的结局，跨越时代的相见，姗姗来迟的团圆，物是人非情还在。

“我想伸出双手抚平你脸上的皱纹，我想伸出双手擦掉你眼角的泪花，我想伸出双手给你个迟到的拥抱”，这是方登的心声，更是无数个在灾难中与父母失散的孩子们的心声。一场天灾，32年的时间跨越，一个家庭的大喜大悲。冯小刚用斑驳的光影带观众回忆了那段悲痛的岁月。

只是余震，影响不大，南方的洪涝灾害才是大问题。据水利部消息，7月4日以来，212条河流发生超警以上洪水，其中72条河流超保，19条超历史纪录。太湖持续15天超过警戒水位。对此，水利部将水旱灾害防御应急响应提升至Ⅱ级。11日江西饶河鄱阳站水位突破1998年历史极值，比预测提前16小时！并且还将上涨！长沙、武汉持续降雨，水位不断上升，情况不容乐观。

7月9日，韩国首尔市长朴元淳被发现死亡。2011年，朴元淳作为无党籍候选人在首尔市长选举中获胜，并两度连任。就在死亡前一天，其前秘书控诉其性骚扰并向警方起诉。作为文在寅的心腹，朴元淳本是2022年总统大选热门人选之一。《杀死朴元淳》——首尔市长朴元淳遗体被发现的10日当天，也正是这本书原定的出版日期。据韩联社10日消息，这本书的实际内容其实和书名《杀死朴元淳》正好相反。该书不仅不是要攻击朴元淳，反而要说明他是成为下届总统的适当人选。该书作者黄世渊在书中这样写道：“只有朴元淳最透明，最具献身（精神）、最具进步性的思考，能够带领陷入危机的韩国从房地产投机世界的泥潭中走出。”他还写道，如果亲文在寅势力中有人想成为下届总统候选人，首先应该想办法的就是杀死朴元淳。在这本书中，黄世渊还表示，目前国家权力和经济权力联手，阻止朴元淳走向总统之路一事是三岁小孩都知道的事情。对于朴元淳的突然离世和自己出版日期撞期一事，黄世渊认为，推迟该书出版比较好。

10日上午11时50分（韩国时间），已故首尔市长朴元淳遗言公开：

> 对所有人表示歉意。
> 感谢所有和我一起走过人生的人们，
> 一直以来给家人们只带来了痛苦，感到很抱歉。
> 火化后请将我的骨灰撒在父母的墓地。
> 大家再见。

据韩联社报道，韩国1 865名高级公职人员2019年年底申报的人均财产为13.03亿韩元，约合748.8万元人民币，同比增长8 600万韩元。其中总统文在寅财产19.49亿韩元，约合1 121万元人民币。而作为堂堂的首尔市长，朴元淳居然净负债6.9亿韩元，约合人民币398万元。但是这点儿负债或是性骚扰的指控，似乎不足以压垮一个干了10年市长的政坛宿将。日本的武士道精神，犯了不可弥补的错误，宁愿切腹自尽赎罪，这个不去讨论。张翠山自尽，乔帮主也自尽，那是大错铸成而且无力回天。首尔市长这个事，死者为大不评了。

事实上有荣誉感才有羞耻心，奥威尔说过：“过去的被抹掉，抹掉的又被遗忘，于是，谎言变成事实。”奥威尔还说过：“有些观念是如此愚蠢，以至于只有知识分子才会相信。有些观念是如此荒谬，以至于只有非常聪明的人才会相信。进步不是幻想，它确实会发生，但它是缓慢的，并且总是令人失望的。”

骚人可煞无情思　何事当年不见收

2020年8月2日

1839年摄影技术在法国诞生，随着西方侵略，逐渐传入中国。面对洋人带来的这么个新鲜玩意儿，晚清的很多百姓非常恐惧，难以接受。他们认为这是洋人残害中国人的一种巫术，能“摄人魂魄”，进而致人性命。

1860年第二次鸦片战争之后，恭亲王奕訢留在北京与英法联军议和。在此期间，摄影师费利斯·比托扛着笨重的照相机要给恭亲王拍照。当镜头对准恭亲王，他不明所以，立即“面如死灰”。据在场的英军中将格兰特描述，恭亲王“担心这个机器可能随时夺去他的性命”。比较开明、与洋人有所接触的恭亲王对照相机的态度尚且如此，普罗大众的态度更是可想而知了。

1868—1872年，英国摄影师约翰·汤姆逊在中国旅行拍摄。他经常遭到当地人的围攻，扔石头，为此不得不仓皇逃跑，甚至丢了镜头盖。他以切身经历说：“那些有知识有地位的中国人向人群散布谣言，说照片会‘摄’走人的精气神。人在拍照后就会命丧黄泉。……作为一名摄影师，我扮演的角色有些像‘催命鬼’。”

其实人们对新生事物不理解属于正常现象，不论是东方还是西方。法国摄影师纳达尔（1820—1910年）曾这样描述摄影术在欧洲普及之初的场景：“照相有如妖术，与怪力乱神沦为一谈。人们觉得摄影师如同巫师，借助冥王的力量，用相机摄取他们的魂魄……上至贵族，下至平民，面对相机，都会瑟瑟发抖。”

那么照相在清朝为什么没有被禁掉？因为最高统治者慈禧太后是女的。西方人第一次给她照相时，她也以为这是什么摄魂的玩意儿，但照片印出来，太后见到自己在“画”中那么逼真，那么好看，比宫廷画师的手艺都要好，顿时喜欢上了相机。所以后来太后在宫中也经常要求给自己照相。爱美之心女人皆有，贵为太后也不例外，照相机这一近代发明才能逐渐传入中国。

更重要的铁路就没这么幸运了。当时李鸿章极力劝说太后同意修铁路，太后也是勉强同意看一下。但试验通火车的时候，太后却觉得这火车头冒着黑烟发出怪声，这啥破玩意儿，实在是不吉利，下令用马拉车。无疾而终，让人叹息。所以历史的偶然与必然，真的要仔细看仔细琢磨。

《荀子》讲，“今人之性，生而有好利焉，顺是，故争夺生而辞让亡焉；生而有疾恶焉，顺是，故残贼生而忠信亡焉；生而有耳目之欲，有好声色焉，顺是，故淫乱生而礼义文理亡焉。然则从人之性，顺人之情，必出于争夺，合于犯分乱理，而归于暴。故必将有师法之化，礼义之道，然后出于辞让，合于文理，而归于治。用此观之，人之性恶明矣，其善者伪也。”性本善还是性本恶，翻翻历史清楚得很。

所以有人出了《平安经》，终究没能保自己平安。《南方日报》评论：“一本《平安经》，一群马屁精。”只要稍微有点文学素养和审美能力，都很难接受如此粗糙造句；即便是奔着“慈心清净”而去，你也很难把它归置为一本“经书”。然而，就是这样一本“奇书”，受到了众多学者、媒体的热捧。学者们这样说——“跨国传世的经类大作力作，是历代和当代仅见的首部平安经书”。这样一场闹剧，任何一个环节，有人照章办事，履职尽责把关，可能都不会发生，可它就是发生了，而且会反复发生。为什么？未必没人指出问题，轻则被斥不配合不懂事，重则直接发配调离，现在副厅长被免，相关人等呢？没事人一样。贺副厅长之前，还有弓副部长，创立《明学》《明经》，颂歌深情流露，直追孔老夫子！

《经》体流行，有勤劳的金融民工，加班加点作《兑付经》，这个必须大大的点赞。反复看了好几遍，那么详细的名单，那么多熟悉的名字，自市场有违约以来，全都避开无一踩雷，可以成为纪录了吧。

这两天周行长“谈明天系、华信系、安邦系”的文章刷屏，张晓慧《强化股东在金融企业公司治理中的地位》和此前郭主席《完善公司治理是金融企业改革的重中之重》强调了同样的观点：如果观察这几个出问题的公司，明天系、华信系、安邦系等，也包括正在“瘦身”的海航集团，从公司治理的角度看，它们的高速膨胀明显存在巨大的缺陷：公司管理上没有公司治理的基本架构，或者有也不发挥作用，很多都没有正常决策程序，都由少数人、家族中几个人或领头人说了算；财务上没有内审机构，也没有正常外部审计，各种会计科目随意挪用或乱用；等等。总之，距离我国《公司法》以及相关监管部门对上市公司、金融机构要求的公司治理原则和准则都差得很远。领导们讲得都对，问题出在：这些基本的要求以前也有，实际执行起来制度都形同虚设了。别说赖小民这样登峰造极的一言堂，就是包商这样的野蛮扩张，地方提供了多少便利，多少人被拉下水成为保护伞呢？所以知易行难，理念制度是一回事，落实执行是另一回事。当时叫好抬轿子的，和现在批判的，基本是同一群人。

“骚人可煞无情思，何事当年不见收。”传说屈原当年作《离骚》，遍收名花珍卉，以喻君子修身美德，唯独桂花不在其列。李清照很为桂花抱屈，因而毫不客气地批评了这位先贤，说他情思不足，竟把香冠中秋的桂花给遗漏了，实乃一大遗恨。“何须浅碧深红色，自是花中第一流。”反映了李清照的审美观，她认为品格的美、内在的美尤为重要。“何须”二字，把仅以“色”美取胜的群花一笔荡开，着墨于色淡香浓、迹远品高的桂花。

八月桂花香，农历八月还早，却道天凉好个秋。

应无所住　而生其心

2020年8月8日

时间过得真快，转眼就立秋了。关于立秋的诗词，最喜欢的是唐代一个不出名的诗人，刘言史所作《立秋》："兹晨戒流火，商飙早已惊。云天收夏色，木叶动秋声。"后两句大大的有名，意境高远佳句无疑。不过今年有两个中伏，8月7日立秋只是中伏的第13天，出伏要到25日七夕节了。天气依然热得很。南宋范成大所作《立秋》："三伏熏蒸四大愁，暑中方信此生浮。岁华过半休惆怅，且对西风贺立秋。"西风未起且贺立秋，岁华过半难免惆怅，虚景实情借景抒情，秋风将起，秋天在路上了。

盛唐时期的刘禹锡，没能实现政治抱负，也没遇到大的挫折。虽然被贬为远州司马，实际上也还逍遥自在，与柳宗元《天说》相呼应的《天论》三篇光耀文坛。所作《秋词》，豪迈依旧："自古逢秋悲寂寥，我言秋日胜春朝。晴空一鹤排云上，便引诗情到碧霄。"说起豪迈，谁能比得上主席《沁园春·长沙》？上半阕："看万山红遍，层林尽染；漫江碧透，百舸争流。鹰击长空，鱼翔浅底，万类霜天竞自由。"下半阕："恰同学少年，风华正茂；书生意气，挥斥方遒。指点江山，激扬文字，粪土当年万户侯。"书生意气是价值观，书呆子气自误误事，主席真正是"书生意气，挥斥方遒"，《星星之火可以燎原》坚定信心,《论持久战》指明方向战略策略,虽在寒秋寓情于景,指点江山直至胜利。

《沁园春·长沙》是毛主席于1925年晚秋离开故乡韶山,去广州主持农民运动讲习所,途经长沙重游橘子洲,面对湘江上美丽动人的秋景,联想起当时的革命形势,写下的。当时的形势内忧外患,挡不住伟人豪情万丈。再往前数将近一百年,“鸦片战争”打开了中国市场,从此中国出口的茶叶瓷器丝绸,再也抵不上鸦片消费造成民弱国穷。谁能想到一百年后的今天,头号资本主义强国要对中国关上大门呢。中兴之后是华为,华为之后是抖音,抖音之后是微信,微信之后呢?——只要是在美国赚钱的,早晚都有可能被禁——什么安全不安全,娱乐一下也不行,就是明着打压了。

看彭博的一篇分析,最后这样总结:假如苹果必须执行禁令,又没有替代方案,那些有钱买iPhone的中国消费者,很可能转向中国本土的高端智能手机:华为。这样一来,美国的行政令,最终受益的,却是美国多年来最努力排挤的华为。问题在于,华为的生产链也受到影响。8月7日华为消费者业务CEO余承东,在中国信息化百人会上表示“由于美国的制裁,华为领先全球的麒麟系列芯片在9月15日之后无法制造,将成为绝唱。这真的是非常大的损失,非常可惜!”全球化中断,冷战恐成现实,都没有好日子过,别升级成热战就好。

2019年7月16日,在G2非凡论坛上,鸿海集团创办人郭台铭讲:“未来世界会有两套系统,一套中国的,一套美国的。全世界开车都有两套系统,一个左边开的,一个右边开的,其他的规则,也会逐渐出现两套系统,这看来是不可避免的。”现在看这席话确实富有预见性。

我们生活在变化中,却极力寻求确定,以此得到短暂的安全感。人们终其一生，都在不确定的（变化）状态中，去寻求确定的安全感。然而除了变化本身，一切却都不能长久。这种矛盾和对立，造成种种不如意。唯一的方法，是放下我执。《金刚经》讲，应无所住，而生其心。如此这般。

望尽天涯路　灯火阑珊处

2020年8月16日

晚清学者王国维在《人间词话》中开头便说，“词以境界为最上，有境界则自成高格，自有名句”。“三种境界”论出自王国维的《人间词话》之二六，原文如下：“古今之成大事业、大学问者，必经过三种之境界。‘昨夜西风凋碧树，独上高楼，望尽天涯路’，此第一境也；‘衣带渐宽终不悔，为伊消得人憔悴’，此第二境也；‘众里寻他千百度，回头蓦见，那人正在灯火阑珊处’，此第三境也。此等语皆非大词人不能道。然遽以此意解释诸词，恐晏、欧诸公所不许也。”

“第一重境界”原出自晏殊的《鹊踏枝》：“槛菊愁烟兰泣露，罗幕轻寒，燕子双飞去。明月不谙离恨苦，斜光到晓穿朱户。昨夜西风凋碧树，独上高楼，望尽天涯路。欲寄彩笺兼尺素，山长水阔知何处？”王国维以这句词形容学海无涯，只有勇于攀登登高望远，才能寻找到自己要达到的目标，只有不畏惧孤独寂寞，才能探索有成。

“第二重境界”两句原出自欧阳修的《蝶恋花》：“伫倚危楼风细细，望极春愁，黯黯生天际。草色烟光残照里，无言谁会凭阑意。拟把疏狂图一醉，对酒当歌，强乐还无味。衣带渐宽终不悔，为伊消得人憔悴。”王国维以这句词比喻为了寻求真理或者追求自己的理想，废寝忘食夜以继日，困窘消瘦在所不惜。

“第三重境界”原出自辛弃疾的《青玉案》：“东风夜放花千树。更吹落、星如雨。宝马雕车香满路。凤箫声动，玉壶光转，一夜鱼龙舞。蛾儿雪柳黄金缕。笑语盈盈暗香去。众里寻它千百度。蓦然回首，那人却在，灯火阑珊处。”这首词原作鼎鼎有名，王国维用这句词比喻经过长期努力奋斗却无所收获，正值困惑难以解脱之际，突然获得成功的心情。踏破铁鞋无觅处，得来全不费工夫，是恍然间由失望到愿望达成的欣喜。

细细品味，难免感慨，以至于滥用三重境界解释俗世万千。人生苦短，福禄寿喜，所有成功的个案无非都经历了三个过程：有了目标，努力追求；追求的过程困难重重，坚持不懈；挺过来了，喜获丰收。达成目标回望来路，心境起伏山重水复：看山是山，看水是水；看山不是山，看水不是水；看山还是山，看水还是水。

其实王国维原意是解读诗词（文章水平），不过即便是到了清代，由于自然科学的发展及重视程度远远不足，仍然把文章、学问、事业混为一谈。而人生是个筐，什么都可以往里装。其实这几个概念之间的关系，既极其复杂，相关性又很差，所谓禅机妙语不过心灵鸡汤。

举个例子吧。前几天浙江考生满分作文《生活在树上》引发热议，阅卷过程中第一位阅卷老师只给了39分，后两位老师给出55分，经商议后最终被判为满分，有人认为该篇作文老到且晦涩，也有人称其辞不配位，还有阅卷老师直言不建议学生模仿。随后湖北武汉前媒体人李未熟实名举报浙江省高考作文阅卷大组组长陈某某，认为其既当阅卷组长又出书辅导高考作文，疑涉嫌利益输送。最新的事态发展是，8月13日，浙江教育考试院通报称，2020年高考作文评卷组组长陈某某，严重违反评卷工作纪律，未经允许擅自泄露考生作文答卷及评卷细节。根据国家规定，决定停止其参加国家教育考试工作（含高考评卷等）。针对网民反映的其他问题，有关部门正在调查核实。

先说文章。作文看了好几遍，一边看一边百度，别说引用的典故了，好几个字都不认识，少年心气努成这样，应该给高分鼓励下，但是满分似乎过了。一些批评讲作文晦涩难懂，装腔作势不说人话，这个笔者倒不赞同。文风千姿百态，辞藻华丽浪漫奔放，于平淡中见神奇，各有各的好处，关键是在不同类型方向达到了什么样的水平。至于讽刺少年不识愁滋味，未免求全责备了。有人翻译成了流行白话网文，倒是挺有意思，怕得不了高分，随便引用两段："不要觉得家庭和日常生活工作，就是俗气。也不要觉得为了钱而低头，就是低媚。巴尔扎克成为大文豪之前，还写了9年的流水账网文呢，你以为他愿意写吗？还不是为了付房租？忘记人生巅峰吧，走过人山人海最终走上平凡之路，是谁来自山川湖海却囿于昼夜厨房与爱——这才是双脚不离地，生活在树上，始终热爱生活，最终飞升成仙。"

再说学问。按道理文章学问相关性应该很强，实际上弹性区间大得很。李杜文章在，光焰万丈长。杜甫倒是"为人性僻耽佳句，语不惊人死不休"，李白哪有心思琢磨学问推敲文字，长安市上酒家眠，天子呼来不上船，除非叫去见美女（杨贵妃）。诗词小说写文章，更多的关乎性情，与学问见解关系并不大。同是伟人，主席文章奔放生动，小平文字平实得很。

至于事业，与文章学问的相关性更加少。周末细读财新报道，赖小民涉案金额创了新纪录，赖总裁长袖善舞，口才文笔俱佳，字也写得好，任上资产扩张迅猛，管钱管人能力超强。不展开说了，省的白费劲。境界虚无缥缈，良知实实在在，下一篇继续谈这个问题。

境界虚无缥缈　良知实实在在

2020年8月17日

什么是“境界”？不大好说清楚，首先必须指出，“境界”这个名词虽广泛用于文学批评，它所代表的理念最早却是出现在围棋史上。魏晋南北朝是围棋史的光辉时代，围棋又称“手谈”，说明它已是士大夫“清谈”的一个重要配置。相传梁武帝（在位时间502—549年）所诏定的“九品”如下：一品入神，二品坐照，三品具体，四品通幽，五品用智，六品小巧，七品斗力，八品若愚，九品守拙。

一品入神之境，此乃上上之境。原文：“变化莫测，精义入神。”引申为为人处世可以料敌先机，不战而屈人之兵，天下莫能与之敌。二品坐照之境，此乃上中之境。原文：“不勉而中，不思而得。”引申为可以至虚善应，破解一切难题，逢凶化吉。三品具体之境，此乃上下之境。原文：“临局之际，造形则悟。”引申为对万事万物的具体情况可以体察入微，发现其中的奥妙进行破解。四品通幽之境，此乃中上之境。原文：“或战或否，意在通幽。”引申为每临危急关头，就可以见招拆招，兵来将挡水来土掩，可以应变。五品用智之境，此乃中中之境。原文：“未能通幽，战则用智。”引申为没有压倒性的力量，但是善于用智慧解决问题，善加谋算，可以成功。六品小巧之境，此乃中下之境。原文：“不务远图，好施小巧。”引申为没有深谋远虑的本领，凭借小聪明处世，纵使占些小便宜，难以谋求大功业。七品斗力之境，此乃下上之境。原文：“动则必战，与敌相抗。”引申为尽人之力是下智，尽人之智是上智。以智取胜则高，以力取胜则低。八品若愚之境，此乃下中之境。原文：“布置如愚，敌不敢拒。”引申为笨鸟先飞，不会进攻，就做好防守，最愚蠢的办法也是办法，即便不能胜敌，先保证自己不受伤害。九品守拙之境，此乃下下之境。原文：“守我之拙，彼无所施。”引申为面对无法战胜的对手，情知无可奈何，只有尽人事、听天命，把自己的事情做好，该来的就让他来吧。

日本“九段制”的渊源在此，当年应昌期为台湾设计职业棋士制度改“段”为“品”，是自觉地要保存传统文化特色。20世纪80年代，聂旋风奇迹般地“九连胜”，中国队连夺三届中日围棋擂台赛胜利，其影响之巨大，只有女排堪媲美。屡屡受挫的日本超一流，境界遥遥领先，奈何一败再败。等到聂旋风成了聂老，也爱谈境界了，“前五十手天下无敌”挂在嘴边，可能是缺氧计算跟不上，没能拿到一个世界冠军，被年轻一轮的马晓春讥讽“冠军的棋别瞎评了”。所以空谈境界，只会成为笑柄，实践是检验真理的唯一标准。曼德拉境界挺高，当总统稀里哗啦。

人们爱看体育比赛，可能是浓缩了人性争斗的本质，足球尤其如此。要说境界，全攻全守境界最高。该战术理论最早是英格兰名帅雷诺兹提出，荷兰名帅米歇尔斯师承雷诺兹，将全攻全守带到了荷兰国家队和阿贾克斯。与其他足球体系防守与进攻分工鲜明不同的是，在全攻全守体系中，场上的所有队员需要同时担当进攻和防守任务，指球队除守门员之外的10名队员全部都可以执行进攻和防守的职责，10名球员在场上的位置是流动的，不讲位置，只讲空间，前锋可以去打后卫，后卫也可以一直在前锋的位置上，因而对技术和体能有很高的要求。可是这么先进的理念，没有那么多有足够能力的人去实现，在1974年和1978年世界杯上，采用这一战术的荷兰队两次获得亚军，那时候有克鲁伊夫。后来的成绩每况愈下，进八强都不容易，成绩比朴实无华、防守反击的德国、意大利差远了。离开能力、分工、责任谈境界，基本上都是在扯淡，协调联动，前提是各司其职做到位，而不是一大群人高谈阔论指手画脚，真正行动落实承担责任的总是那几个。

所以把境界引申到艺术，甚至学术，其实牵强。与境界相通，文化人爱谈的“taste”，所谓“品位”，也就那么回事。在《三代才能培养一个贵族》的访谈中，女主角炮轰国人太缺少尊重，太缺少教育，欠缺礼仪和素质！用膜拜的语气描绘了英国人的“贵族精神”，而给出的例证是：给某位勋爵发邮件，用“sir”称呼对方而被对方秘书纠正为“lord”；8点钟的晚宴，你8点到不对，7：55到也不对；需要WiFi密码时，管家用手托着一个小银盘，不是直接递给你！

扯远了，回到境界的出处，如果做人谈境界的话，怎么看怎么守拙才是最高境界。尽人事、听天命，把自己的事情做好，该来的就让他来吧。不是吗？1965年日本第四期名人战决战，吴清源在循环圈中七连败，这是他旅日37年中前所未有之事。这一年他已51岁，年龄当然也是一个因素，但更关键的则是他前一年在东京曾被摩托车撞倒，健康受到了严重损害。然而也就在这一年，他唯一的弟子林海峰竟取得了名人挑战权，并且一鼓作气，以四比二的战绩，将日正中天的坂田荣男赶下了名人宝座。23岁的名人不但在当时是破天荒的大事，而且一直到今天也依然是一个没有被打破的纪录。林海峰夺得名人当然首先是因为他已具备了相当的实力，但是在这一艰难的挑战过程中，他得到吴清源指点持“平常心”，更为关键。

《景德传灯录》卷八记马祖道一（709—788年）的话：“若欲直会其道，平常心是道，谓平常心无造作、无是非、无取舍、无断常、无凡无圣。”南泉和赵州师徒问答，几乎与吴清源和林海峰的对话如出一辙。赵州和林海峰同是因为师父“平常心”三个字的启发而得到“顿悟”，遥遥千载，足成佳话。“平常心”（守拙）正是通向最高精神“境界”的不二法门。

900年前，苏东坡结束了长期流放的生活，从一个踌躇满志、一心报国的慷慨之士，变成一个参透生活禅机的风烛老人。听说儿子苏过将去就任中山府通判，写下一首诗：“庐山烟雨浙江潮，未到千般恨不消。到得还来别无事，庐山烟雨浙江潮。”

“庐山烟雨浙江潮”意思是：庐山美丽神秘的烟雨，钱塘江宏伟壮观的潮汐，很值得去观赏一番。“未到千般恨不消”意思是：无缘去观赏庐山的烟雨和钱塘江的潮汐，是会遗憾终身的。“到得还来别无事，庐山烟雨浙江潮”：由《五灯会元》卷17所载青原惟信禅诗的一段著名语录演化而成。语录的原句是：“老僧三十年前未参禅时，见山是山，见水是水。及至后来，亲见知识，有个入处，见山不是山，见水不是水。而今得个休歇处，依前见山是山，见水是水。大众，这三般见解，是同是别？有人缁素得出，许汝亲见老僧。”这“三般见解”，指的是禅悟的三个阶段，也即是入禅的三种境界。东坡此诗，正用此意。

且将新火试新茶　诗酒趁年华

2020年9月20日

从2020年9月1日到10月30日，故宫博物院文华殿举行《千古风流人物——故宫博物院藏苏轼主题书画特展》。朋友圈看到好多朋友去看过了，特别是一个研究生同学，拜瞻归而赋六十韵，诗词功底着实了得，篇幅太长不引用了。好几个朋友私信推荐，我还没有去过，犹豫要不要去，其实主要因为，书画水平太低，别说绘画了，字写得奇丑，不大懂鉴赏。回想人生中重要的考试，特别是高考，我怀疑因为字写得差，作文论述题之类的被打了低分，因为老师可能根本不知道写的啥字。形象确实很重要，人长得丑，字写得差，活该多付出少得到，播下龙种收获跳蚤。

像苏轼这样全能而达观当然受欢迎。朋友圈一位以前去云南旅游时的导游，隔三岔五总转发关于苏东坡的文章，尽管他自己写几句话词不达意，我甚至想要不要打开让他看自己的朋友圈。通常互加微信时，对方一看“学轼”，表示哈哈哈，直接屏蔽。虽不能至心向往之，子非鱼安知鱼之乐，子非我安知我不知鱼之乐。

每个人心里都住着一个苏东坡。林语堂讲：“一提到苏东坡，中国人总是亲切而温暖地会心一笑，这个结论也许最能表现他的特质。苏东坡比中国其他的诗人更具有多面性天才的丰富感、变化感。不可否认，这种混合十分罕见，世上只有少数人两者兼具。”据说他爹苏洵给他取名苏轼：“轮、辐、盖、轸，皆有职乎车，而轼独若无所为者。虽然，去轼，则吾未见其为完车也。轼乎，吾惧汝之不外饰也！”所谓无用之用，用之则行舍即休，此身浩荡浮虚舟。

苏轼生平坎坷并不得志，洒脱是天性也是不得已，总的来说在“乌台诗案”前，特别在杭州、密州任职的日子，更加潇洒惬意。熙宁七年（1074年）秋，苏轼由杭州移守密州（今山东诸城）。次年八月，他命人修葺城北旧台，并由其弟苏辙题名“超然”，取《老子》“虽有荣观，燕处超然”之义。苏轼《超然台记》谓：“移守胶西，处之期年。园之北，因城以为台者旧矣。稍葺而新之，时相与登览，放意肆志焉。”熙宁九年（1076年）暮春，苏轼登超然台，眺望春色烟雨，触动乡思，写下了《望江南　超然台作》：“春未老，风细柳斜斜。试上超然台上看，半壕春水一城花。烟雨暗千家。寒食后，酒醒却咨嗟。休对故人思故国，且将新火试新茶。诗酒趁年华”。当时苏轼还不到四十岁。三年后“乌台诗案”，苏轼被一贬再贬，中间虽有反复，二度任职杭州，修了苏堤，但因“既不能容于新党，又不能见谅于旧党”，一肚子不合时宜。不随波逐流自然是品格，只随遇而安未免太消极。能干啥，该干啥，苏轼只管今朝有酒今朝醉，此心安处是吾乡未必尽然。

绍圣四年（1097年），年已六十二岁的苏轼被一叶孤舟送到了当时的蛮荒之地海南岛儋州。当时来说，放逐海南是仅比满门抄斩罪轻一等的处罚。他把儋州当成了自己的第二故乡，“我本儋耳氏，寄生西蜀州”。他在这里办学堂，介学风，以致许多人不远千里，追至儋州，从苏轼学。在宋代一百多年里，海南从没有人进士及第。当地小伙子姜唐佐进京赶考前，请苏轼题诗，苏轼在他扇子上先题了两句“沧海何曾断地脉，珠崖从此破天荒”，勉励他说，考上后给你写完后两句。姜唐佐登科时东坡已经去世（1101年北归卒于常州），苏辙接着赋了后两句，“锦衣不日人争看，始信东坡眼力长。”师生之谊，兄弟之情，可见一斑。人们一直把苏轼看作是儋州文化的开拓者、播种人，对他怀有深深的崇敬。日前本来有机会自驾去一趟的，一时犯懒在海棠湾耗了三天，有点后悔。

在海南的生活，苏轼写道：“九死南荒吾不恨，兹游奇绝冠平生。”命差点搭在这了，露天海景房，吃的米没有，治病的药也没有，就靠一天洗洗脚放松放松，但是没关系，我一点都不后悔，子瞻我在海南把这辈子的新鲜事都体会过了！“云散月明谁点缀？天容海色本澄清。”子瞻我本色不改，任你城头变幻大王旗，我还是坚持我的路线，好在诗词书画可以传世，多硬气。其实诗人不幸诗家才兴，他的创作有多么流光溢彩，他在海南就过的多么不幸。子由说，小时候子瞻水平跟我大差不离，等到他从黄州回来时候，我已经拍马都赶不上了，此之谓也。

人生一世，草木一秋，何必营营碌碌。世界如此荒诞，汪曾祺说：“我念的经，只有四个字‘人生苦短’。因为这苦和短，我马不停蹄，一意孤行。”

终点也是起点　左拐也是右拐

2020年9月27日

最近太忙，没时间看这一季《乐队的夏天》和《脱口秀大会》，终于能抽空恶补了一下重点，感慨一下，未窥全貌，或许偏颇。朋友圈看到晒国庆期间阿那亚举办音乐节的，很多熟悉的陌生的名字，很羡慕，真的很想去，但也就止步于想想，人到中年瞻前顾后，叶公好龙难于践行。这一季《乐队的夏天》，太多陌生的名字，印象最深刻的是重塑乐队改编翻唱的《一生所爱》，爱了爱了，或许是因为怀旧吧。星爷那个笑中带泪的气质，主唱华东本质上也一样。话说华东那个端着的劲儿，说话不自然总觉得不舒服，唱起来的投入实在打动人。摇滚乐分出高下，总觉得不能只看现场，能够不看表演画面，还会反复倾听音乐，我觉得才是真的好，或许这只是中老年人的看法，上年纪了躁不动。

去年的冠军新裤子乐队，几乎没有再回放过他们的歌，痛仰屈居亚军，经常回放他们的作品。《愿爱无忧》《公路之歌》《生命中最美丽的一天》，太多太多的经典。彭裤子为了博眼球，经常说一些出位的话。在《奇葩说》当回嘉宾，贬低别人抬高自己，实在是过分掉价了。后来在表演现场，更喷辩论水平低，也不看看自己语无伦次那两把刷子。说话办事总得有点分寸，看看场合，即使不愿鼓掌喝彩，至少不要打岔捣乱，见不得别人好，还插秧子起哄，就别怪被人削。

鲁迅先生1925年写了篇短文《立论》。

> 我梦见自己正在小学校的讲堂上预备作文，向老师请教立论的方法。
>
> “难！”老师从眼镜圈外斜射出眼光来，看着我，说。“我告诉你一件事——
>
> “一家人家生了一个男孩，合家高兴透顶了。满月的时候，抱出来给客人看，大概自然是想得一点好兆头。
>
> “一个说：‘这孩子将来要发财的。’他于是得到一番感谢。
>
> “一个说：‘这孩子将来要做官的。’他于是收回几句恭维。
>
> “一个说：‘这孩子将来是要死的。’他于是得到一顿大家合力的痛打。
>
> “说要死的必然，说富贵的许谎。但说谎的得好报，说必然的遭打。你……”
>
> “我愿意既不谎人，也不遭打。那么，老师，我得怎么说呢？”
>
> “那么，你得说：‘啊呀！这孩子呵！您瞧！多么……。阿唷！哈哈！”

喜剧的精髓是笑中带泪，脱口秀的精髓是自嘲娱人。生活的本质是自洽，先做好自己，再帮助别人，抵制假恶丑，尽力而为之。

谁是李雪琴？热搜第一名。那个出生在“宇宙的尽头铁岭”，考上北大还是一嘴碴子味的东北大妞。李诞说她“天才少女”“天赋异禀”，是为了节目效果吧。李雪琴这个外表喜庆，在魔幻的2020年带给人快乐的女孩，却有一颗沧桑而沉重的心。在《GQ报道》中她曾有过自述，说自己初中时家庭变故，从此“便生活在旋涡中”。北大大三时得了抑郁症，毕业后去纽约还割过腕，2017年回国做搞笑视频，团队互相关照，时不时还狂躁，砸个手机啥的。CP王建国形容李雪琴：“她的天赋是OK的，但她有个最大的问题，她没有活力。”这倒是句真话，观察力很敏锐，讨好型人格的人通常没活力，他们的活力都叫别人吞食光了，人际关系对于他们根本就是一种负担，别问我为什么知道，哈哈哈。新人一路过关斩将，选手内评倒数第一，李雪琴真的开心吗？同行相轻，潜规则横行，脱口秀也一样。

李雪琴接受采访时说：“有些人的有趣需要慢慢铺，你要跟他聊天，听他说话才会觉得他有趣。可这个时代节奏里有几个人愿意站出来听你说话呢，有几个人愿意去等你的有趣出现呢？没有。你前三秒不有趣，大家就觉得你无聊，就过去了。”终点也是起点，左拐也是右拐，不过多付了67块钱车费。

打了码的脱口秀还是脱口秀吗？希望做幸福的普通人还是转圈大王？姥姥说吃耳屎会聋的，虽然没什么科学依据，有没有尝试下的冲动？忍一忍，应该是呛不着的。冠军王勉，唱只是形式，词是走了心的。

这世界以痛吻你，你不要报之以歌。

这世界以痛吻你，你扇他巴掌啊。